「あ、あの……私たちって付き合っているってことでいいんですよね？」
「あ、ああ。もちろん。俺はそのつもりだったんだが……。違うのか？」
「いえ。確認しただけです」
身を乗り出すようにしていた身体をゆっくりソファに沈めると、軽く俯いた口元が僅かに緩んでいるのが見えた。

（ん、なんだ……）

なにか頭に伝わる違和感に目を覚ました。
自分の髪の毛を梳くように何度もなにかが行き来する。
優しい感触は心地よく、丁寧に扱われているのだけは分かる。
目を瞑ったままはっきり意識が目覚めると
完全に今の状況を理解した。自分は斎藤の肩に寄りかかっており、
その頭を斎藤は撫でているらしい。

時々、もふもふと髪を押すように触ったり、
あるいは撫でつけるように触ったり。
とにかく俺の頭で勝手に楽しんでいることだけは分かる。

こっそりばれないように薄目で視界を広げてみたが、
隣にいるせいで様子は見えない。
これからどうしたものか悩んでいる間に、斎藤は手を止めた。
おっ、と思ったのも束の間で、
スンスンと鼻を鳴らす空気の音が聞こえ始めた。

（おい？）
どうやら俺の頭の匂いを嗅いでいるらしい。
好き好んで斎藤がやっていること
ではあるが、なんとも微妙な気持ちだ。
どういう心持で今の状況を受け入れれば
いいんだろうか。

「おお！　いいな。めちゃくちゃいいぞ」
「そ、そうですか？」
斎藤は頬を朱に染めながら
はにかむように笑って、
上目遣いにこっちを見る。うん、神。

# 俺は知らないうちに学校一の美少女を口説いていたらしい 5

～バイト先の相談相手に俺の想い人の話をすると彼女はなぜか照れ始める～

午前の緑茶

HJ文庫
1089

口絵・本文イラスト　葛坊煽

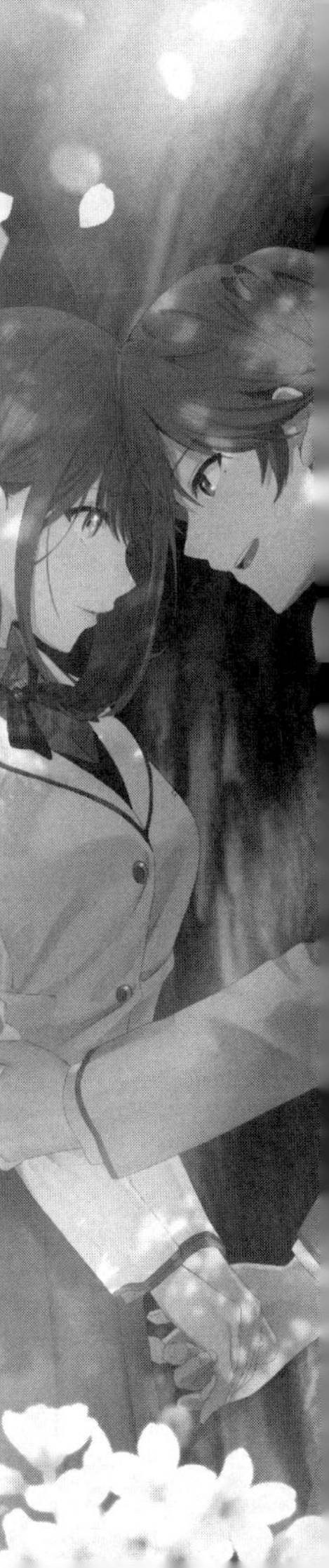

Ore ha Siranaiuchi ni
Gakkou Ichi no Bishoujo wo
Kudoite ita rasii

# 第一章 付き合った後

斎藤と付き合うことになった。

当然の結果とはいえ、告白の返事を了承してくれたことはとても嬉しい。未だに頷いてくれた時の斎藤の表情が脳裏に焼き付いている。告白した後は、何を話したかはあまり覚えていない。多分適当なことを軽く話して家に帰宅した、と思う。

まだ告白した翌日なので全く現実感がない。付き合ったからといってすぐに何かが変わるわけではないのだが、どうにも気分が落ち着かない。

時計を見ると、いつもより大分早い起床だ。差し込む朝日も少し薄い。まだまだ眠いはずなのに、目は冴え冴えしている。温もりに包まれていた身体を布団から出して、登校の準備を始めることにした。

いつもより大分早く学校に到着すると、教室はまばらで和樹の姿はない。一応和樹には話そうと思っていたが、後でいいだろう。誰かに話しかけられることもなく、自分の席で持参した本を読む。

ここ一週間くらいは、告白のことで一杯一杯だったので、久しぶりにきちんと本に向かい合っている気がする。紙面に広がる文字の景色に、次第にのめり込んだ。

「おはよ、湊。珍しく早いね」

聞き馴染んだいつもの声。顔を上げると、自分の席でもないのにちゃっかり前の席に座っている。

「別に早く来てもいいだろ」

「いいけど、珍しいからさ。あ、さては昨日の告白で興奮して早起きしちゃったんでしょ」

「なんでそれを……」

「やっぱり？　なんだ、湊も可愛いところあるじゃん」

察しが良すぎで最早怖い。にやにやと揶揄うような笑みを浮かべる和樹を睨みつけるが、楽しそうに笑い続けて止めそうにない。

「あの本にしか興味がなかった湊が女の子と付き合うなんてねー。一年前なら想像つかないなぁ」

「まだ告白の結果教えてないだろうが」

「でも、ＯＫして貰えたんでしょ？」

「そうだけど」

「ならいいじゃん。喜んで貰えた？」

「ああ、もちろん。お礼のプレゼント含めてな。上手くいったとは思う。斎藤も笑顔だったし」

あの時の斎藤の表情は忘れられるはずがない。これまで見てきたどの笑顔よりも魅力的で晴れ渡るような笑みだった。つい昨日のことを思い返す。

「あ、にやけてるー」

「っ……」

和樹に指摘されて自分の口元が緩んでいたことに気付いた。込み上げる羞恥をなんとか抑え込む。

「ふふふ、よっぽど喜んで貰えたんだね」

「……うるさい」

いつになく笑顔な和樹を黙らせたかったが、これ以上何かを言うと逆にさらに揶揄われそうで、黙るしかなかった。

「一限は音楽室だから、そろそろ移動しよ」

「一人で行きたいんだが？」

「いいじゃん、いいじゃん。もっと聞かせてよ」

俺の返事を聞くこともなく、和樹は教科書を取りに自分の席に向かう。後ろ姿の軽快な足取りが恨めしい。まったく、自分勝手なやつめ。

仕方なく、小さく息を吐いて、戻ってくるのを待った。

「お待たせー」

和樹が戻ってきたので、他のクラスメイトもぞろぞろと教室の外へ出て行く流れに任せて廊下に出る。冷気に一瞬身体が震えた。

登校してきてこれから教室へ向かうであろう人たちとすれ違う。ふと、前を歩いていた同じクラスメイトがざわめいた。目を向けると、見慣れたあいつの姿があった。

「噂をすれば、斎藤さんだね」

なにやら愉快そうだが、こっちはそれどころじゃない。会うとしても放課後だと思っていたので、まだ心の準備が出来ていない。妙に緊張して、思わず唾を飲む。斎藤もこっちに気付いたようで、歩みが一瞬止まった。

斎藤の宝石のような澄んだ瞳が僅かに揺れる。気まずそうに目を逸らされ、もう一度だけ視線が交わると、今度は顔ごと俺から背けて、すたすたと横を通りすぎて行った。

「いやー、初々しいですのー」

俺の右肩をポンポンと叩いてくる和樹。ええい、うっとおしい。顔を見なくても和樹がにやけているのが分かる。

「朝から斎藤さんを見られるなんてラッキー」

「それな。やっぱり昨日チョコ渡して告白すればよかったー」

「無理無理。断られるのがオチだって。実際、昨日は何人かフラれてたみたいよ？」

前方でのクラスメイトの会話が聞こえてくる。相変わらず人気なようだ。知らないところでそんなことが起きていたとは。改めて斎藤の人気っぷりは凄い。同じ会話を和樹も聞いていたようで、少しだけ小さくして声を向ける。

「だってさ、湊。そんな斎藤さんの彼氏がここにいるなんて誰も思いもしないだろうね」

「だろうな」

当の本人でさえ、斎藤と付き合っていることが未だに現実感がないのだ。他人からすれば、想像できるはずもない。

「ちゃんと斎藤さんを大事にしないとだめだよ？」

「そんなの当たり前だろうが」

俺の返事に満足げに頷く和樹。別に真面目なのだろうが、なぜか妙に腹立たしい。

「ちゃんと斎藤さんが好きなようで安心安心。これまでずっと応援してきた甲斐があったよ」

「……まあ、一応は世話になったな」

「どうしたの？　湊が素直なんて。なにか悪い物でも食べた？」

目を真ん丸にして見つめてくる。人がせっかく感謝しているっていうのに、酷い言い草だ。

「食べてない。単純に思っただけだ」

「ふふふ、ありがと。そう感じてくれてるなら嬉しいよ」

「そうじゃなかったら、こんな色々話してない」

「だよね。でも、それを言うなら他にも報告しなきゃいけない人がいるんじゃない？」

「他に？」

ピンと来ず、思わず首を傾げる。誰かいただろうか？　こちらを見つめる和樹の視線が不自然に楽し気だ。ま、まさか……。

「だめだよ、忘れちゃ。柊さんにも報告しなきゃ」

「お前……。本人だぞ？」

一体なにを言い出すのか。柊さんの正体を知る前なら報告しただろうが、正体を知った以上、報告するのは気まずい。

「それなら猶更報告しなきゃ。彼女になったからって斎藤さんのことを褒めなくなったら冷められちゃうよ？　ちゃんと褒め続けることが大事なんだから」

「そ、そうなのか」

「湊だって、第三者に斎藤さんが湊のこと褒めてるのを聞いたら嬉しいでしょ？　それと同じだよ」

「た、確かに、それは嬉しいかもしれない」

「それに、上手く聞き出せば、斎藤さんの気持ちも分かるかもよ？」

「っ⁉　よし、報告して褒めてくる！」

和樹もなかなかいいアドバイスをする。本人に報告するのは少し恥ずかしいが、斎藤の気持ちを聞き出せるのは凄く魅力的だ。斎藤の自分への気持ちは知っているとはいえ、詳しく聞いたことはない。

これは良い機会なので、こっそり聞き出すとしよう。バイトの日の楽しみが少し増えた。

柊さんに報告するのは楽しみだが、まずは放課後。斎藤と付き合ってから初めての対面である。朝すれ違いはしたが、会話はしていないので、きちんと向かい合うのはこれが初めてだ。

（やっぱり、緊張するな……）

斎藤の家の玄関前で一度深呼吸をする。もうこの場所に来るのは慣れたはずだが、どうにも緊張しているときが多い気がする。いったいなぜなのか。斎藤がどう登場するか、予想しながら呼び鈴を鳴らした。

「はい」

玄関の扉が開き、ひょっこりと斎藤が顔を覗かせる。

「よう」

「田中くん」

俺の姿を捉えた瞬間、きゅっと斎藤の口元が引き結ばれた。

「えっと、入っていいか？」

「あ、はい。ど、どうぞ」

ほんのりと頬を薄く染めて、斎藤が奥へと案内してくれる。なんとなく動きがぎこちない。歩く姿がさびたロボットみたいだ。

「き、昨日ぶりですね」

「お、おう。そうだな」

斎藤の緊張感が伝わってきて、こっちまで緊張してしまう。

お茶を淹れて運んできた斎藤は俺の隣に腰をかけた。僅かに身体を斎藤から離して距離を置く。ほ、ほら、いきなり距離を近づけるのは良くないからな、うん。

「……」

隣に座った斎藤が口を開くことはなく、沈黙だけが続く。昨日のことに触れるべきだろうか？　わざわざ話題に出すことではない気もするが、だからといって全く触れないのも不自然な気がする。恋愛の経験値が足りない自分が恨めしい。こんな時の対応なんて本にも載ってなかったぞ。

沈黙を誤魔化すため、一口お茶をすする。

ずっと湯呑を持っているのも不自然なので机に戻していると、斎藤が盗み見るようにこっちを見ているのが、視界の端に映った。斎藤に目を向けると、視線が交わる。

「あ、あの……」

「お、おう。どうした？」

薄く桜色に頬を染めた斎藤の姿に、心臓が軽く跳ねる。こんなに斎藤可愛かったか？

斎藤はなにやら真剣で、二重の瞳がじっと俺の姿を捉えている。張り詰めた空気の中、ゆっくり口を開いた。

「私たちって付き合っているってことでいいんですよね？」

「あ、ああ。もちろん。俺はそのつもりだったんだが……。違うのか？」

「いえ。確認しただけです」

強張らせた表情が緩み、大きく息が漏れる。身を乗り出すようにしていた身体をゆっくりソファに沈めると、軽く俯いた口元が僅かに緩んでいるのが見えた。

どうやら俺と同じく昨日のことが現実感がなかったらしい。安堵したようで、さっきまでの強張りはもうない。澄ましているが微妙ににやけているのがその証拠だ。

（そうか、付き合っているのか）

ようやく実感が出てきた。以前は付き合うなんて考えもしなかったが、いざ付き合ってみると、なかなかいいものだ。斎藤が喜んでくれるならなおさら。

「俺も今朝まで全然付き合っている実感が湧かなかったから、同じで安心した」

「田中くんもですか。私も全然信じられなくてですね。どう会話したらいいか悩んでいたんです」

「さっき家に入れてくれたときの斎藤はなかなか酷かったな」

「そんなにですか？」

「壊れかけのロボットみたいだった」

「失礼ですね。そんな変な動きをした覚えはありません。それにそんなことを言うなら田中くんの方こそ、いつにも増して緊張しているのは丸分かりでしたよ？」

「そりゃあ、好きな人と付き合った経験なんてないしな」

「っ……」

息を呑む雰囲気を感じて斎藤を見ると、きゅっと唇を引き結んで頬を朱に染めていた。

「どうした？」

「なんでもないです」

「そうか？　まあ、斎藤も悩んでいたみたいで良かったよ。こんな状況に対する対応なんて本に載ってないし」

「流石にないと思いますよ？」

「本は万能だと思ってたんだが、所詮紙の集合体だったらしい」

「田中くんの中で本はどんな扱いになってるんですか……」

呆れたため息が耳に届く。うん、ようやくいつもの感じに戻ってきた。やはり斎藤はこうじゃないと。

「昨日のチョコもありがとうございました」

「ああ、気に入ってくれたならよかった」

「一つ頂きましたけど、とても美味しかったです」

斎藤は一度立つと、台所へと向かっていった。戻ってきたその手には昨日渡したチョコの箱があった。

「田中くんも一つどうですか？」

「いいのか？　じゃあ、遠慮なく」

赤色の花のチョコを手に取り口に入れる。ほんのりと酸味が広がり、その奥の滑らかな甘さが良い感じだ。

「おお、美味しいな」

「でしょう？」

斎藤も一つぱくりと食べる。へにゃりと目を細めて緩やかに笑む姿からも相当気に入っているのは分かった。

「田中くんは、プレゼントのセンスだけはいいんですよね」

「だけ、とはなんだよ」

「しおりの時もそうでしたけど、あの田中くんが女の子が好きそうなものを選べるのが不思議で仕方ありません」

「調べればいっぱい出てくるからな。あと斎藤が喜びそうなのは一緒にいればなんとなく分かるし。意外と察しがいいんだぞ、俺は」

「……」

なぜか斎藤のジト目が突き刺さる。

「と、とにかく、今回のチョコも斎藤の好みに合っていたなら渡した甲斐があった」

「はい、嬉しくて写真も撮ってしまいましたし」

そう言って、スマホの画面に花のチョコの写真を表示させる。一瞬見えた写真フォルダには試行錯誤をした跡であろう何枚もの似たようなチョコの写真があった。

「めちゃくちゃいっぱい撮ってるじゃん」

「なかなか満足できる出来の写真が撮れなかったので」

「そんなに難しいか？」

「ふふふ。あまいですね、田中くん。ただ撮るだけじゃだめなんですよ。ちゃんと角度や配置を考えて撮らないといい写真は撮れないんですから」

得意そうになにやら色々撮り方を解説する斎藤。どうやら色々なテクニックがあるらしい。なかなか写真を撮る機会なんてないが、物は試しにテーブルに置かれた花のチョコの写真を撮る。斎藤が解説していたアドバイスをそのまま活用したおかげで、なかなか良さそうに撮れた気がする。

「撮れたぞ」

「一発でなんでこんなに上手に撮れるんですか⁉」

自分の自惚(うぬぼ)れではなかったようで、斎藤が食い入るように俺のスマホを見つめている。ぼそっと「私は二時間もかかったのに……」と悔(くや)し気(げ)な声が漏れていた。

「ま、まあ、物撮(ぶつど)りは簡単ですから。一番難しいのは人なので自惚れないことですね」

「人のほうが難しいのか」

「そりゃあ、表情や姿勢などさらに色々な要素が絡(から)んできて複雑ですから」

そこまで言って、はっと何かに気付いたように目を一瞬丸くした。一度目を伏(ふ)せてゆっくりこちらに視線を戻す。

「お手本として田中くんを撮ってあげましょう」

「俺か？　別に撮らなくても」

「だめです。ほ、ほら、人物を撮るのがどれだけ難しいのかちゃんと伝えるのが私の役目ですから。私カメラ布教担当なんです」

「いつそんなのになったんだ……」

呆れて思わずため息が出たが、とりあえず、斎藤が俺のことを撮りたいのは伝わった。

斎藤はいつの間に準備していたのか、スマホを構えてこちらを捉えている。

「俺はどうしたらいい？」

「まずは、本を読んでいるところから行きましょう」

「まず、なのな……」

なんとなく一枚で終わらなそうだとは察していた。斎藤が楽しそうなので良しとしよう。

「私を気にせず本を読んでいて下さい。遠慮せずいつも通りに」

さあさあ、と言わんばかりに押すので、リュックから読みかけの本を取り出す。下手にポーズなんかを指定されるよりは気が楽だ。適当に読み始めると、パシャリ、パシャリと撮影音が響き始めた。

「いいですよ、田中くん。横顔が良い感じです」

ちらっと隣を見ると、見たことがないほど目を輝かせてせっせと写真を撮る斎藤の姿があった。真横、斜め前、下。色んな角度からカメラが向けられる。随分楽しそうですね。

本を読む姿なんてまったく動きがないはずなのだが、斎藤の目にはそうは映っていないようで、撮影が止まることはない。ページを捲ろうと手を動かすと、カメラの連写音が鳴る。

（うおっ）

どんな環境でも本を読めると自負している俺だが、流石にこんな状況は初めてだ。ちょこっと姿勢を変えるたびにカメラで撮られるので、気が逸れる。それに視界の端でちらっく斎藤の夢中な姿が妙に可愛らしくて、そっちに集中が向いてしまう。

何度か声を掛けようと思ったが、あまりに楽しそうなので声をかけるのも気が引ける。

「なあ、斎藤」

「はい、なんでしょう？」

「そろそろいいんじゃないか？」

声をかけると、スマホの画面をじっと見つめて、こくりと頷いた。

「……そうですね。それなりに満足のいくものは撮れましたし。これなんて中々良いと思いませんか？」

差し出したのは俺の横顔の写真。言われてみれば良いような気もするが、自分の顔なのでいまいち分からん。

「そう、だな」

「あ、ぜんぜん分かっていない顔ですね」

「そりゃあ、自分の顔を見せられても困るだろ」

「なんでですか。この良さが分からないなんて人生の八割は損してます」

「どんな計算してるんだ」

「私の計算と感覚による統計データです」

「絶対見直した方がいい」

キリっと決め顔をしてダメです。人生に占める割合があまりに大きすぎる。自分の横顔の写真の良さが分からなくて損してるなら、むしろ分かりたくない。斎藤は唇を突き出して少し不満そうにスマホの画面を眺めていた。

「まあ、人を撮るのが難しいのは分かった」

「そうですか。分かっていただけましたか」

「あれだけ何度も撮り直しているのを見ればな。よほど難しいんだな」

「あれは……。そ、そうですね。なかなか難しくて苦労しました」

一瞬、視線が空中を彷徨ったがこくりと頷いたので気にしないでおこう。

「ちなみに、他撮りと自撮りはまた別の難しさがありますよ。複数人なら距離を詰めて撮らないといけませんし」

「へぇ、そうなのか」

確かに言われてみれば、自撮りは片手でスマホを持つ必要があるし、他撮りとは必要とされる技術も違いそうだ。クラスの女子とかがよく二、三人で撮っていたのを見かけたことがある。

「あの……」

くいっと袖を引かれて、斎藤を見る。上目遣いの視線がこちらを向いていた。

「どうした？」

「その、自撮りの方も教えましょうか？」

「おう？」

「だから、二人で一緒に撮って、自撮りのコツも教えてあげます」

（それって……）

正直、斎藤と関わる前はわざわざ写真を撮る意味が理解できなかったが、今なら確かに分かる。好きな人の写真なら欲しいし、いつでもスマホで見られるようになるのはかなり魅力的だ。

「そうだな。一緒に撮ろうぜ」

頷けば、斎藤はぱぁっと表情を輝かせる。

「まずは、斎藤が撮ってみてくれよ」

「あ、はい。分かりました」

斎藤にスマホを構えるよう促し、自分は斎藤のほうに距離を詰める。身体が触れるか触れないかくらい。ここまで詰めれば画面に二人とも写るだろう。

「え、ちょっ……」

「近づかないと上手く撮れないんだろ？」

「そうですけど」

斎藤とここまで近いと自分も緊張するが、自分以上に焦っている斎藤を見ると、可愛くてちょっと楽しい。斎藤は左手でスマホを構え、器用に俺と斎藤の姿を写す。左右上下に微妙に動かして、パシャリと撮影した。撮り終えるとそそくさと俺から軽く離れる。

「どうだ？」

「はい、なかなか上手に撮れたかと」

「へえ？　どれどれ」

斎藤のスマホをのぞき込むと、斎藤はビクッと身体を震わせる。画面には微妙に緊張した面持ちの斎藤と俺の姿が写っていた

「いいな。斎藤がちょっと笑顔引きつってる気がするが」

「仕方ないじゃないですか。近かったら緊張しますし……」

恥じ入るようにそっぽを向く斎藤。ほのかに頬に朱が差す。

「お、おう。いや、俺はそれでもいいと思うけど。俺にもその写真くれ」

「田中くんも欲しいんですか？」

「そりゃあ、まあ……好きな人との写真は欲しいだろ。一枚も持ってないし」

「そ、そうですか」

やはり自分の気持ちを言葉にするのは慣れない。自分のキャラじゃないのは分かっているし。ただ、斎藤が恥ずかしそうにしながらも少しだけ口元が上がっているのを見ると、こちらも嬉しくなる。

「はい、では、どうぞ」

斎藤はほのかに微笑（ほほえ）みながら、メッセージで写真を送ってくれた。

「ありがと」

メッセージを確認すると、先ほど斎藤のスマホで見た写真が送られてきている。ぎこちない笑顔の斎藤が珍しく、そしてやっぱり可愛らしい。

（一緒に撮るのもいいものだな）

隣で満足そうに写真を眺めている斎藤を見て、そう思う。しばらく斎藤はじっと見詰めていたが、はっと顔を上げた。

「そうだ、田中くん。今度はプリクラを一緒に撮ってみませんか？」

「プリクラ、か。名前は聞いたことあるんだが、いまいちわからないんだよな」

「ゲームセンターとかに大きな箱みたいな機械が置いてあるのは見たことありますか？」

「もちろん。女子がわんさかいるやつな」

「わんさかって。合ってますけど」

表現がよろしくなかったようで、斎藤はなにか言いたそうな顔をした。だがすぐに引っ込めて話を進め始める。

「その箱型の機械に入って写真撮るのがプリクラです」

「それじゃあ、普通にスマホとかで撮るのと変わらなくないか？」

「全然違いますよ。色々ポーズをとったり、あるいは最後に撮った写真にペンやスタンプで色々飾るんです」

「ああ。見たことあるな、そういうの。なんか目が大きい写真にピンクの文字とかで色々書いてあるやつな」

「そう、それです。一緒に行きたいんですけど、ダメ、ですか？」

ちらっと上目遣いにこちらを窺ってくる。もちろん断れるはずがない。

「別にいいけど、全然ポーズとか知らないぞ？」

「安心してください。最近のプリクラは田中くんみたいな人でも気軽に撮れるようポーズまで指定してくれるんです！」

「おお。それは安心だな」

安全、安心設計のプリクラということか。それなら不安もなく行ける。しっかり頷くと斎藤は目を輝かせる。

「では、いつ行きましょう。春休みですか、週末ですか、なんなら今日行きますか？」

「今日⁉」

「善は急げ、というやつです。いつまた田中くんの気分が変わるかもわかりませんからね」

「流石に約束したことは守るぞ」

これでも人との約束は大事にしている方だ。人間関係には信頼（しんらい）が第一であるからな。

「では、いつにします？」

「春休みでいいんじゃないか？　ゆっくり出来るだろうし。他のゲームとかやってみてもいいしな」

「そうですね。では、そうしましょうか」

急なことではあるが、プリクラに行くことが決定した。

◆◆◆

バイト当日、和樹に貰ったアドバイスの通り、柊さんに報告するべくバイト先に向かうと、柊さんは休憩室（きゅうけいしつ）で休憩していた。

「柊さん、お疲れ様です」

「こんばんは。田中さんもお疲れ様です」

部屋の中央に置かれたテーブルの端にちょこんと座って、柊さんはスマホをいじっている。一度だけ顔を上げたかと思うと、またスマホの方に集中してしまった。どこか淡々とした雰囲気はいつも通りで、付き合う前と変わった様子は見られない。

「あの、柊さん」

「はい、なにか?」

「実は以前からずっと相談していた彼女のことなんですけど」

「……はい」

僅かに目を大きくして、ゆっくりと頷く柊さん。流石に動揺が見える。

「この前のホワイトデーで無事付き合うことになりまして」

「そう、なんですね」

「あんまり驚いてないですね」

「え？　そ、そんなことないですよ。もちろん驚いています」

「そうですか？」

ちょっとつっこんで見たが、分かりやすく噛んでいて面白い。そりゃあ、本人だから驚くもなにもないんだろうが。

「はい、びっくりしました。この前の相談の時はそんなこと言っていなかったので」

「それはすみません。やっぱりそこまで言うのは恥ずかしくて」

もちろん言えるはずがない。本人に告白宣言するようなものだし。

「そうでしたか。とにかくおめでとうございます」

「ありがとうございます」

「……ちなみにどうです？　付き合ってなにか変わりましたか？」

「いや、そこまで大きくは。付き合った次の日の最初はお互(たが)いに緊張してぎこちなかったですけど」

「そんなに彼女さん変だったんですか？」

ちらっとこちらを窺うようにレンズの奥の瞳が光る。やはり気にしているのだろう。付き合った翌日の時は斎藤が力強く否定していたが、改めて伝えておかないと。

「もちろんです。動きが錆(さ)びたロボットみたいで凄く面白かったです」

「そんなに……！」

「普段(ふだん)しっかりして落ち着いている彼女だから余計おかしいんですけどね」

「ちょっと。笑うのは彼女に失礼だと思います」

あの時の光景を思い出して笑いをこらえていると、柊さんはむっと頬を膨らませて目を鋭くする。

「まあ、そういう部分も可愛いんですけどね」

「っ……」

和樹のアドバイスの通り褒めてみれば、不満げだった表情は一瞬で引っ込み、口元を引き締めて僅かに頬を赤くした。効いてる。効いてる。和樹のアドバイスはやはり的確らしい。

実際、斎藤のそういう部分も含めて好きだと思っているし、本人の前だとしても、一応第三者について話しているという建前があり、本音で話しやすい。柊さんが慌てている様子を見るともっとからかいたくもなる。

「ちなみに、そのぎこちない感じが解消した後は、ツーショットをふたりで撮ったんです」

「いいじゃないですか。田中さんも撮りたかったんですよね？」

「そりゃあ、もちろんです。付き合って気付いたんですけど、彼女となにか一緒に撮ったことが全くなくて、やっぱり好きな人の写真は欲しいなって」

「ふふふ、そうですか」

緩やかに口元を上げて微笑む柊さん。かなり嬉しそうだ。斎藤の家で話しているときは、もう少し澄ましているが、今は完全にだだ漏れている。

（確かにこれは報告してよかったかもしれないな）

出会った頃に比べればはるかに色んな表情を見せてくれるようになったとはいえ、いまだにここまで素直な反応はなかなか見られないので、こっちまでついにやけそうだ。気を付けないと。

「女子からしても好きな人とのツーショットは嬉しいんですか？」

「もちろんです。好きな人ならどんな格好だって素敵に思いますし、いつだって見ていたくなりますから」

力強く説明する柊さん。あの時、俺の横顔を連写しまくっていたのも、これが理由か。斎藤がかなりノリノリな様子だったのも頷ける。

「家で一人の時に見返したり？」

「え、ええ。時々見ていますね」

せっかくの機会なので尋ねてみれば、柊さんはちょっとだけ恥ずかしそうにしながら頷いた。

（おお、まじか）

想像以上に自分が好かれている事実が少し恥ずかしい。だが、あの斎藤がそこまで想ってくれているのは、悪い気はしない。緩みそうになる口元をなんとか引き締める。

「なんですか、その顔は」

「え、あ、いや」

「好きな人の写真を何度も見て悪いですか？」

黙っているのを勘違いしたのだろう。頬を朱に染めながらも鋭く睨んでくるので「いえ、いいと思います」としっかり頷き返した。

「柊さんはバレンタインのその後はどうですか？　なにか進展はありましたか？」

もちろん、大きな進展があったことなんて百も承知。

「わ、私ですか？」

「はい。以前にバレンタインを渡すような話を聞いたので。その後どうなったのかなと」

「……一応、ホワイトデーに告白されて付き合うことになりました」

おずおずと控えめに零す柊さん。

「おお。それはおめでとうございます。自分と同じですね」

「……そうですね」

わざとらしく惚けると、柊さんはジト目で俺を見つめてくる。だが、どうやら正体を話すつもりはないらしく、それ以上つっこんでくることはない。

そっちがそのつもりなら、遠慮なく気になることを聞いておこう。やっぱり本人に正面からは聞きづらいし。

「告白されてどうでした?」

「もちろん嬉しかったですよ。元々恋愛みたいなことが得意なタイプの人ではないので、告白してくれただけで、どれだけ勇気を出してくれたか分かりますから」

「っ……」

自分で聞いておいてなんだが、想像以上に自分のことを分かってくれていて、なんていうか照れる。そんな優しそうな顔をするんじゃない。顔にこみ上げる熱をなんとか逃がしていると、さらに柊さんは続けてきた。

「相手が自分のことを好いてくれているのは分かっていましたけど、はっきりと本人から直接言われるのは格別でした。嬉しすぎてちょっと泣きそうになったくらいです」

「そ、そうですか」

普段接している姿からは想像もつかない斎藤の気持ちがたまらない。反応しそうになるのを誤魔化すので精いっぱいだ。ああ、もう勘弁してくれ。

そりゃあ、柊さんがこれまで俺の話を聞くたびに挙動不審になっていたのも頷ける。自分も同じようになっていないか心配だが、柊さんの様子を見る限り大丈夫そうだ。もう少し斎藤の本音を聞きたい気もしたが、これ以上続けるとボロが出そうなのでここまでにしておくことにした。

ホワイトデーも過ぎれば、すぐに春休みがやってくる。三学期の終業式である今日は、朝からかなり暖かく、昼寝をしたら最高の一日になるだろう。こういう日は外の河川敷で本を読みながら微睡みたくなる。登校する途中で何回も欠伸をしてしまった。

「今日は随分眠そうだね」

終業式、体育館で校長先生の長話を聞き流していると、隣で聞いていた和樹が話しかけてきた。

「暖かくてな。こういう時は眠くなる。ゆっくり本を読みながら寝落ちしたいぜ」

「あくまで本は付いてくるんだね……」

「当たり前だろ。本こそ最強の睡眠導入剤だからな。枕にもおすすめだぞ」

「寝る前に読むのはともかく、枕で喜ぶのは湊だけだよ」

呆れたため息が和樹の口から漏れるが、俺の知ったことではない。あの硬さとほのかに香る紙の匂いが最高なのだ。はっ⁉　もしかしてアロマにもなるかもしれない。やはり本こそ至高だ。

「春休みは斎藤さんとどこか出掛けるの？」

「どこかに行きたい気もするが、まだ聞いてないな」

「えー、だめだよ、ちゃんと聞いておかなきゃ。付き合い始めなのに引きこもってばかりだと斎藤さんに愛想を尽かされちゃうよ？」

「……元からこんな感じだし、向こうも分かってくれているから大丈夫だ」

「へぇ？」

意外そうに目を丸くして片眉を上げる和樹。これまで一緒に過ごしてきた経験や、こっそり聞いている本音からも、そう簡単に愛想を尽かされるとは思えない。

「湊からそんな自信に満ちた返事が来るなんて、意外とよろしくやってるんだね。順調に進んでいるみたいでお兄さん安心したよ」

「やめろ、その保護者目線」

和樹の生暖かい視線が妙に腹立たしい。まったく、こういうことになるから言いたくないんだ。

「まあ、でも流石に長期休みだし、ずっと引きこもっているつもりはないぞ。ちゃんと誘ってみるつもりだし」

「いいじゃん。いいじゃん。一々誘うのに迷っていた人とは思えない発言だよ。彼氏らしくなってきたじゃん」

「この前もバイトで本音を聞けたしな。自惚れない程度には好かれている自信もついた」

「へぇ。なに聞いたの？」

「絶対教えない」

「えー、そこまで話しておいてお預けは卑怯だよ。ちょっとだけでいいからさー」

俺の肩を掴んでゆさゆさ揺らしてくるが、あいにく他人に勝手に斎藤の気持ちを話すつもりはない。和樹の腕を雑に振り払う。

「知るか。なんて言おうと絶対言わない」

「ちぇっ。ケチ」

和樹はしばらく唇を尖らせるが、そんなことで話す気になる訳もない。ガン無視して校長先生の話に耳を傾けた。

校長先生の長い話が終われば、終業式はすぐに終わり、お昼前には学校は終わりになった。斎藤に連絡したところ、お昼ご飯は自宅で食べるらしい。

『お昼はどうするんだ？』

『お家で食べるつもりです。手作りでよければ一緒に食べますか？』

との誘いがあり、急ではあるが久しぶりの斎藤の手作り料理にありつけることになった。以前たまたま斎藤のご飯を食べる機会があったが、あの時はからあげでとても美味しかった覚えがある。

勉強や運動だけでなく、料理まで得意とは。どんだけハイスペックなのか。料理については一人暮らしのおかげと斎藤は言っていたが、それなら一人暮らしでも自炊が出来ていない俺はどういうことだろうか？　うむ、不思議だ。

斎藤の家までの道のりも春の陽気を感じさせるほどに暖かい。公園の横を通ると、植えられた木の先端に桃色が宿り始めているのが目に入る。肌を撫でる風も柔らかかった。

「悪いな。急にご飯を作ってくれて」

「いえ、私が食べるついでに作るだけなので気にしないでください」

斎藤の家に入ると、早速食卓の椅子に案内された。斎藤も家に着いたばかりのようで制服のままだ。斎藤はキッチンに入ると、紺色のストライプ柄のエプロンを身につけ始める。背中で紐を結んでいる姿が新鮮だ。

（エプロン姿も似合うよな）

つい眺めすぎたようで、しっかり結び終えた斎藤が顔を上げたタイミングで目が合う。

「どうしました？」

「いや、なんでもない」

「そうですか？」

首を振れば、斎藤は一瞬だけ首を傾げて料理の準備に取り掛かる。水道で手を洗い始めた。ジャアジャアと水の音が響く中、そっと息を吐く。危ない。変なことを考えていたことがばれるところだった。

斎藤は慣れた手つきで冷蔵庫から材料を取り出す。

「何を作るんだ？」

「オムライスにしようかと。簡単ですし、すぐに出来ますから」

「おお、それは楽しみだ」

「オムライス好きなんですか？」

「好きだぞ。あんまり食べないけど」

「簡単なのに作らないんですか？」

「オムライスどころか料理も滅多にしないからな。フライパンとか棚の奥で眠ってると思う」

「ちゃんと使ってあげてください」

「いやいや、眠らせることで然るべき時に真の力を発揮できるようにするという俺の高度な作戦があって」

「そういうのはいいですから」

「……おう」

ぴしゃりと遮られた。にべもない。まあ、確かに作戦は出まかせだったけどさ。斎藤は冷め切った視線を元に戻して、料理に戻る。棚から白い蓋がついた透明なプラスチックのケースを取り出した。蓋の裏には金属の刃が三枚付いている。

「なんだ、それ」

「みじん切りを手軽に出来る機械です。ここの紐を引くことで中の刃が回って小さく切ってくれます」

説明しながら、皮を剥いた玉ねぎを中に入れる。斎藤が紐を引くと、ブンッと音がして玉ねぎが刻まれた。何度か繰り返しているうちにどんどん細かくなっていく。

「おお！　斎藤、凄いな」

「そんなキラキラした目で見ないでください。私は紐を引いているだけですから。凄いのはこれを考案した人です」

せっかく褒めたというのに、呆れたため息だけが斎藤の口から漏れる。紐を引く手が止まると、刻み終えた玉ねぎをボウルに移す。今度はキッチン下の棚からフライパンを取り出した。そのフライパンを持って斎藤が得意そうな顔を浮かべる。

「どうです？　すごいでしょう？」

「……なにが？」

「なにがって、このフライパンです」

斎藤はフライパンを見せてくれるが、正直普通のフライパンにしか見えない。丸い形に取ってがついており、形状が違うというわけでもなさそうだ。

「よくあるいつものフライパンにしか見えないんだが？」

「全然違います！　まず傷が付きにくく、焦げつきも防いでくれます。特殊加工がされていて、長期間効果が持続するというおまけ付きです」

「ほう」

「さらに軽く、取り回しもしやすいように取って部分の形状まで拘っているんです。もちろんこれだけの特徴があれば人気な商品なわけです。お高いと思うでしょう？」

「それは、まあ、そうだな」

「通常であれば七千円とかなりお高めなわけですが、なんと！　半額以下の三千円で買えちゃったんです。どうです？　田中くんも欲しくなってきたでしょう？　お一つどうですか？」

上目遣いにキラキラとした目で見つめてくる斎藤。プライパンを見せるように前に掲げて俺に推してくる。

「確かに、そう言われると欲しくなってくるな……ってどさくさに紛れてセールス始めるな」

危ない。完全に買う気になっていた。こんな自然と始めるなんて斎藤恐るべし。小首を傾げて恍ける斎藤が悪魔に見えてくる。

「残念。田中くんもこのフライパンの虜になってくれるかもと思ったんですが。信者にするのは次にしましょう」

「おい？　不吉な言葉が聞こえたんだが？」

俺の聞き間違いではないはず。しかし斎藤は素知らぬ顔で「じゃあ炒めていきますね」と料理の続きを始める。多分これ以上追及しても何も答えてくれないだろう。……気を引き締めておくか。

斎藤は先ほど紹介してきたフライパンに油を入れて、玉ねぎを炒め始める。木ベラで軽く動かしながらフライパンを見つめる姿は妙に様になっている。

「……なにか手伝うことはあるか？」

流石に何もしないでただ見ているのは申し訳ない。さっきから椅子に座って待っているだけで手持ち無沙汰なので、何かはしたいところ。

「いえ、気にしないで大人しく待っていてください」

「そうは言われてもな。わざわざ俺の分まで用意してくれてるのに何もしないのはな」

「気持ちは嬉しいですが、一人で料理をしない人に何を期待すれば？」

「うっ、確かに」

今から斎藤に代わって料理をやれる訳でもない。野菜とかを切るのは出来るかもしれないが、既に材料の準備は終わっているし、切る作業すら斎藤の方が速いだろう。

「そうですね……では、ご飯を分けてもらえますか？」

「おお、分かった」

「ちゃんと最初炊飯器の中を軽く混ぜてから分けるんですよ？」

「そのぐらいは流石に分かる」

「！　ちゃんと知ってるんですね」

軽く目を見張る反応が逆に傷つく。俺をなんだと思っているんだ。流石にそのくらいはやったことがある。まあ、二年ぶりくらいだが。

「多少は生活力があったみたいで安心しました。てっきり赤ちゃん並みかと」

「そしたら今ごろ俺はここにいないだろうが」

斎藤の言う通りならそこら辺で野垂れ死んでいる。どうも斎藤の中で俺の評価が低すぎる気がしてならない。キッチン横に備わった炊飯器からご飯を分けながら斎藤に尋ねる。

「俺ってそんなに出来なそうか？」

「はい、とても」

まさかの同意。こちらを振り返って斎藤は力強く頷いた。

「人並みくらいは出来ると思うんだが？」

「……考えてみてください。日頃自炊しない。夜遅くまで本ばっかり読んで、常に寝不足気味の不健康。さらには生活費まで本に費やしてお金の管理さえ危うい。これが人並みですか？」

「……確かに」

丁寧に指折りで俺のダメなところを挙げられては、認めざるを得ない。言われてみればそうだ。全部事実だし、うん、ダメダメなやつにしか聞こえない。

ちょっとだけショックを受けていると、斎藤は炒めながら身体をキッチン正面に戻した。その後ろ姿から「……もちろん良いところもありますけど」と呟く小さな声が聞こえた。

（……可愛いかよ）

その後は、茶碗に分けたご飯を斎藤に渡して、ひたすら完成を待つ。ご飯をフライパンに入れて、ケチャップを混ぜ始めると、香ばしい香りが漂ってきた。あっという間にケチャップライスが完成し、皿に盛り付ける。

「早いな」

「あとは卵だけなのでもうすぐです」

今度は溶いた卵を流し入れ、真っ直ぐにフライパンを見つめながら、固まり始めるのを待っている。静かな時間が僅かに流れると、パッと箸を取り出した。フライパンの円形に沿った卵の中心に箸を突き入れ、フライパンを器用にクルクルと回し始める。

(何してるんだ?)

俺が想像していたのはよくある形状のオムレツだったのだが、今のままではその形になるとは思えない。斎藤は手を止めることなく、卵が固まるまでフライパンを回転させ続ける。

(そういうことか)

卵が固まり始めるとひだがついた円盤型のオムレツができた。初めて見る形だ。こんなものがあったとは。感心している間に斎藤は完成させて、オムレツをご飯にのせた。

「せっかくですし、ちょっと頑張ってみました」

「うん、なんていうか、渦になってるな」

「それ、褒めてます？」

「褒めてるよ。自分じゃ絶対出来ないし、なんていうかお洒落なんじゃないか？」

「……褒め方が絶望的に下手ですね」

斎藤のジト目が突き刺さるが、そういう言葉を期待されても困る。形がちょっと変わってるだけで、味はまだ食べてないから分からないし、他に何を言えと言うんだ。斎藤は呆れたため息と共にもう一つのオムレツを作り始めた。

「遅くなってすみません。食べましょうか」

完成したオムライスをテーブルに並べて、斎藤も俺の正面の席に座る。テーブルの上にはオムライスと水、そしていつの間に作ったスープまである。

「スープまで作ってたのか」

「フライパンの横でお湯を沸かしていたの気付かなかったんですか？」

「置いてあるのは気付いてたが、インテリアの一つかなと」

「どこにやかんを置くインテリアがあるんですか」

スープを作ったといっても乾燥わかめを入れた簡単なコンソメスープということで、手間はほとんどかかっていないらしい。それでもささっと作ってしまうあたり魔法みたいだ。ほわほわと料理から湧き出る湯気からいい匂いが伝わってくる。思わず唾を飲む。

「あ、待ってください。まだ最後があるので」

「最後？」

「ケチャップをかけないと」

「そういえばそうだったな。忘れてた」

斎藤は冷蔵庫からケチャップを持ってくると、オムライスの皿を見て、それからこちらをちらっと見た。

「……なにか描いて欲しいものとかあります？」

「いや、特には」

「今ならどんなものでも描いてあげますよ？」

「どんなものと言われてもな」

「ほら、私たちにピッタリのものとか」

「ピッタリのもの？　あ、本か！　流石だな、斎藤。俺には思いつかなかった」

「違いますよ！　なんでそこに本が出てくるんですか。こうして付き合ったわけですし、ハートでも書いてあげようと思っただけです」

かつてないほどに大きなため息が斎藤の口から出た。肩を落として呆れたように笑いながら、オムライスに開かれた本の絵を描いてくれる。

「結局、本は書いてくれるのな」

「田中くんの要望ですから」

斎藤は彼女(かのじょ)自身のものにも同じ絵を描くと、ケチャップをテーブルに置いた。

「では、いただきましょうか。田中くんも冷めないうちにどうぞ」

「ああ、じゃあ、ありがたく」

斎藤に勧(すす)められて、まずはオムライスをスプーンで一口掬(すく)う。ふと前を見ると、斎藤は食事を進めることなく、じっとこっちを見つめていた。

「……斎藤は食べないのか？」

「田中くんが食べたら私も頂きます。さあ、私を気にせず食べてください」

「いや、でもな……」

どうぞと言われても、そんなに見られては食べにくい。

食べ進めるか悩(なや)んだが、斎藤は俺が食べるまで食べ始める気はないようなので、仕方なくオムライスを口に運んだ。

「ん！」

単純なケチャップライスかと思っていたが、にんにくや胡椒(こしょう)などがアクセントになってとても美味(うま)い。すぐさま二口目を口に入れた。

気付けば、無言のまままお皿の半分くらいまで食べていた。

「ふふふ」

「……悪い、夢中で食べてた」

「いえ。気に入っていただけたみたいならよかったです」

「ああ、まじで美味しい。自分が食べてきたオムライスの味とはちょっと違ってて、俺的には結構好きな味だ」

「機会があったらまた作ってあげますね」

「ああ、ぜひ頼む」

思わず大きく頷いてしまった。なんてことだ。あまりに美味し過ぎたせいでつい無意識に。斎藤はゆるく口元を上げてくすりと微笑んだ。

しばらくオムライスを食べ続けて、一通り食べ終えたところで、聞きたいことを思い出した。

「明日から春休みだけど、どこか出かけたりするのか？」

「いえ。特には。あ、でもお墓参りには行こうと思っているんです」

「お墓参り？」

あまり聞きなじみのない言葉。聞き返すと斎藤は僅かに眉を下げて繕うように笑みを浮かべる。

「なんとなく田中くんは察していたかもしれませんが、私のお母さんはもういなくて今月の最後の金曜日がお母さんの命日なんです」

「……そういうことか」

「そんな気まずそうな顔しないでください。別に聞かれたからって怒ったりしませんよ。むしろ田中くんには感謝しているくらいなんですから」

「俺に感謝？　なにもした覚えはないが」

薄々、斎藤が家族と問題を抱えていることをなんとなく感じていたとはいえ、そのことについて何か助けになるようなことをしたことはない。むしろ、そういった話題には触れないほうがいいだろうと思って、気を付けていたのに斎藤に思い出させてしまって申し訳ないくらいだ。どんな顔をするべきか分からないままいると、斎藤はほんの少しだけ表情を緩ませる。

「私、ずっとお母さんのことが大好きで、亡くなったときは凄く悲しかったですし、最近までそのことを思い出すだけでもかなり辛かったんです。ですから出来るだけ思い出さないようにしてきたんです」

「まあ、あんまり家族の話題に触れて欲しくないんだろうな、とは思ってた」

「知ってます。この人はそういうのを分かってくれる人なんだなって最初の頃に思いました」

「なんとなくな」

自分としては上手く隠していたつもりだが、斎藤がくすりと微笑むのを見ると妙にむず痒い。

「とにかく、そういうわけでお母さんの話はあまり思い出したくないことだったんですが、最近は田中くんと過ごすようになって、あまり辛くならなくなったんです」

「そっか」

「はい。田中くんと一緒にいる時間のおかげでこうして話せるくらいにまでなったんです。だから、ありがとうございます」

「……まあ、俺も斎藤と出会えてよかったと思ってるし、お互い様だ」

「ふふふ、そうですか」

ゆるりと笑う斎藤が眩しくて、思わず目を逸らした。

「ちなみにどこに行くんだ？」

「そんなに遠くはないですよ」

斎藤が口にしたのは隣町のかなり南の場所。最寄り駅から三駅のところにあるはず。電車なら三十分ぐらいのところだ。

「それで、その……」

「ん？」

「やっぱり少しだけ不安なので、田中くんも一緒に来てもらえますか？　遠くから見守ってくれるだけでいいので」

「ああ、別にいいぞ」

　斎藤の乞うような困った表情を見れば断れるはずもない。力強く頷けば、斎藤はほっと肩の力を抜いた。

　春休みに入ると、段々と空気が暖かくなる。刺すような寒さは和らぎ、ほんわりと温い暖かさが肌を包む。

　晴れたことで、いつも以上に寒さは遠のいていて、お出かけするのには絶好の日だった。青い空と田園の景色が流れていくのを電車の中から眺める。人は少なく、ガタンゴトンッと線路の音だけが車内に響いていた。

　隣には冬服より幾分か薄着に身を包んだ斎藤が座っている。薄桃色のハイネックのセーターに、下は黒の膝下丈のスカート。首には僅かに存在を主張する小さいネックレス。春らしさがある女の子らしい外行きの格好は、とても可愛らしい。

薄桃色のセーターはどこか桜を彷彿とさせて、つい目を惹かれる。さっきから何度も見ているが薄着になった斎藤の私服姿は見慣れなくて新鮮だ。

「どうしました？」

「いや、なんにも」

「そうですか？」

不思議そうに首を傾げて斎藤はまた前を向く。僅かに揺れる髪の毛がさらりと流れて、艶めき輝いた気がする。

「わざわざついてきてもらってありがとうございます」

「いや、こっちこそ、こんな大事なやつに俺が付いてきて良かったのか？」

「もちろんです。昨日の夜は少し不安でしたが、田中くんのおかげで今は平気です」

ふわぁと口を開けて欠伸を零す斎藤。目尻に僅かに涙が滲む。

「昨日はあんまり眠れなかったのか？」

「いつもよりは少し眠りが浅かったかもしれません。二年ぶりに行くので緊張して」

「二年ぶりなのか」

「お葬式の直後しか行ったことないんですけど、やっぱりあの場所は苦手ですね。少しはあの時を振り返ることになれたとはいえ」

「今からでも遅くないし、行かなくてもいいんだぞ？」

「……いえ、行きます。田中くんがいますから」

そう言って斎藤は強く笑みを浮かべた。

外の景色から益々建物が見えなくなっていく。斎藤と俺は互いに無言のまま、車窓を眺める。

「もうすぐです」

斎藤は前を向いたまま、小さく教えてくれた。その顔は強ばり険しい。微かに膝に載せた花を包む包装紙がくしゃりと歪む。

引き結んだ口元はきつく、その眼差しにも余裕なさげだ。斎藤の気持ちを想像すると自分まで身体に力が入る。思わず唾を飲みこんだ。

「……大丈夫か？」

「今のところは。ですがどんな感じで向かい合えばいいのか分からないので、少し不安です」

眉をへにゃりと下げて、瞳を微かに揺らしている。

「……まあ、あんまりきつい時は無理するなよ。一応隣には俺がいるし」

「そう、ですね。困った時は田中くんを頼らせてもらいます」

強張った表情がゆるみ、ほのかに笑みが浮かんだ。まだ完全に不安は抜けていないだろうが、肩の力は抜けたように見えた。

電車が止まり、無人の駅へと降りる。無地のコンクリートのホームを歩いて駅を出る。

「っ」

日差しが眩しい。春の陽気がぽかぽかと身体を包み、僅かに身体が解れた気がする。

「ナビによると、こっちみたいです」

斎藤は真剣にスマホを眺めて右手の道を指し示す。沿道には植えられた花々が丁度咲き始めているのが見えた。

意外と墓地の場所は近く、歩いてすぐに入り口には到着した。春の訪れを告げる花々が植えられた植木道を斎藤と共に歩く。死者を弔う美しい花々達が見えなくなると、多くの墓地が立ち並ぶ光景が辺りに広がり始めた。右も左も緑の中に灰色が点々と規則的に並んでいる。さらに奥に進むと屋根がついた休憩所らしき建物が現れる。ベンチも用意されて、日を遮り影がベンチを覆う。

「田中くんはここで待っていてもらえますか？」

「ああ。じゃあ、いってこい」

「はい。行ってきます」

斎藤は大きな道から横に逸れて、一つの小さな道へと歩いていく。その道の左にはお墓が一列に並んでいる。

遠目で姿が確認（かくにん）出来る程度まで離（はな）れた所で、斎藤は足を止めた。遠目なのではっきりとは見えないが、お墓の掃除（そうじ）をしているようだ。一通り掃除をし終えると、お花を添（そ）えて手を合わせた。

風がそよそよと吹（ふ）いている。温かな風はまた命を育（はぐく）む春の訪れを告げているみたいだ。そんな風が斎藤を撫でる。さらりと斎藤の綺麗（きれい）な黒髪（くろかみ）がきらきらと輝く。

（……ほんと綺麗だよな）

遠めに見える斎藤の姿はどこか儚（はかな）げで、いまにも消えてしまいそうだ。出会ったころに受けた冷たくて強そうな印象とは程遠（ほどとお）い。斎藤にも弱い部分はあるし、普通（ふつう）の女の子であることも知っている。大丈夫だろうか？

かなり長い時間手を合わせていた斎藤が顔を上げた。

まだ動かずお墓の前で向かい合っている。何度も草木が風で揺れるなか、ひたすら動かない。しばらくそのままでいたが、今度こそ動き出した。ゆっくりと、だが確かな足取りでこっちに戻ってきた。

俺のところまで来た斎藤の目尻には僅かに煌めくものが残っていた。

「おかえり」

「はい、ただいまです」

その声に弱弱しさはなく、ハリがある。

「大丈夫か？」

「はい。やっとお母さんとお別れすることが出来ました」

「そうか。平気そうでよかった」

「意外とそこまでショックは受けませんでした。なんといいますか、素直にお母さんがいなくなってしまったことを受け入れられた気がします」

晴れ晴れと綺麗に笑う斎藤。どこか儚くも、前を向く斎藤の姿は、見惚れるほどに美しい。

「じゃあ、帰るか」

「はい。そうですね」

手を差し出すと、斎藤がするりと指先を絡める。左手から伝わる斎藤の体温。確かに斎藤は隣にいる。もう離すことはない。隣に居続けると決めたのだから。一度だけ強く握って、それから道を戻った。

行きは斎藤のことが心配で気づかなかったが、桜が川沿いに沢山植えられている。まだ花は咲いていないが、蕾は大きく膨らんでいた。

「そういえば、もう春なんだな」

「はい。ここら辺の桜はかなり綺麗みたいですよ」

「そうか。それなら満開になったらまた来るか」

「そうですね。ぜひ。田中くんとのお花見は楽しみです」

ゆるりと微笑む斎藤。もうお母さんのことへの陰りは一切なかった。

春休みも中盤に差し掛かった。基本的には斎藤の家でだらだら本を読みながら過ごしている。冬休みのときとほとんど過ごし方は変わらない。斎藤の家のふかふかなソファーで優雅に本を読むことが俺の人生の潤いだ。

流石に春休みなのに連日本ばかり読んでいるので、ちょっと申し訳なくなってきた。

「斎藤、なんかするか？」

「なにか、とは？」

隣に座っていた斎藤が顔を上げて首を傾げる。さらりと黒髪が揺れて僅かに煌めくのが見えた。

「いや、ずっと本を読んでばっかりだから。せっかくの春休みだし、なにか他のことでもしようかと」

「田中くんが本以外を求めるなんて大丈夫ですか⁉」

なぜか心配されてしまった。いや、おかしいだろ。なんで他のことを提案しただけでこんな大げさに心配されるんだ。

「単純にずっと本ばかり読んで申し訳なく思ったんだ」

「田中くん。人を気遣えるなんて、大人になりましたね」

「おい」

優しく見守る保護者目線が非常に辛い。ぱちぱちと拍手まで送ってくるんじゃない。

「別に気を遣わなくてもいいですけど、そしたらプリクラに今日行きましょうか」

「ああ、そうだったな。行こう」

以前ツーショットの写真を撮ったときにその約束をしていた。確かに、いつ行くのかそろそろ相談しないと、とは思っていたところだったのだ。丁度いいタイミングだ。

「もう行くか?」

「いえ、プリクラ自体はそこまで時間のかかるものではないですし、午後からでもいいと思います」

「じゃあ、午後からな」

考えてみれば写真を撮るだけである。他にちょこっと周りのクレーンゲームとか見てもいいかもしれないとは思っているが、それでもそこまで長くはかからないだろう。

斎藤はぽんっと手を叩く。

「そうです。午前中はボードゲームでもしましょうか」

「ボードゲーム？」

またこれは渋い物がチョイスされた。

「オセロなら確か家にあったはずです」

そう言って奥の部屋へと消えていく。がさごそと物音が部屋に響いて、ようやく戻ってきた。斎藤はかなり大きめの板状の箱を抱くようにして持ってくる。リビングに来ると、テーブルにどさっと置いた。

「ふう、疲れました」

「結構大きいのな」

「私も小さいころにしかやった覚えがないので、こんな大きさだとは思いませんでした」

斎藤は肩をぐるぐると回して調子を整えている。俺が箱から盤を取り出すと、黒いケースに駒が入った状態で出てきた。

「わぁ、懐かしいです、これ。この変な形の駒の入れ物覚えてます」

斎藤が顔を輝かせながら目を細める。ぱかっとケースの蓋を開けて、さらに目を細めた。

「昔はよくやったのか？」

「いえ、十回くらいやって、全然勝てなくてそこから封印した記憶があります」

「めちゃくちゃ新品じゃねえか」

道理で綺麗な訳だ。俺の家にあるオセロの箱など、ボロボロでもはや中身が見えているというのに、偉い違いだ。

「お母さんとやったんですけど、一回も勝たせて貰えなかったんですよね」

「手加減とかしてもらわなかったのか？」

「まったく、笑顔のままボロ負けにさせられた記憶があります。一回全部相手の色にされて大泣きした記憶があります」

「そりゃあ、泣くわな」

斎藤のお母さん、ドS過ぎるだろ。笑顔で自分の子供を倒すとか理不尽すぎる。

「厳しく育てられたんだな」

「そうですね。基本的には優しい人でしたけど、ダメなものはダメという人でした」

俺の両親みたいな適当さとは全然違う。そりゃあ、こんなしっかりした人に育つわけだ。

「田中くんはオセロは？」

「昔、父親が得意でよく相手させられてた」

「じゃあ、かなり強いんですね」

「いや、素人レベルだぞ？」

角が有利だとか、辺はあまりとらない方がいいとか、大したことは知らない。せいぜい相手の一手を読んで打つことが出来るくらいである。何手先も読んで打つとかは無理。

「そういう人に限って出来るんですよ。お母さんもそういって私のことサンドバックにしましたし」

疑うジト目目線が少し怖い。よほど、お母さんには酷くやられたようだ。

「じゃあ、ハンデ戦でもやるか？」

「いえ。なんとなく私の腕が上がっている気がするんです。幼い私から成長しましたからね。もしかしたら田中くんに勝っちゃうかもしれません」

得意そうににやりと笑う斎藤。その自信はどこからやってくるのか、甚だ疑問である。だが、最初から否定するのも野暮だろう。

結局、最初はなにもハンデをつけずに始めることにした。

盤を置いて、それぞれ駒を持つ。中心に四つ駒を置いた。

「先行はどちらにします？」

「どっちでも、斎藤の好きな方を選べよ」

「強者の余裕というやつですか。甘いですね、その油断が敗北を呼ぶんですよ」

そう言って斎藤は黒で先行を取った。セリフだけは潔くていいと思う。

一手。また一手と盤面が進んでいく。斎藤は真っすぐにひたすら盤面を見つめて真剣そのものだ。パチリ、と駒が盤面に置かれる音だけが部屋に響く。

(また、そんなところ打ってどうするんだよ)

斎藤が強い、その万が一の可能性を考えて全力で向き合ったが、そんな奇跡はあり得なかった。現在の状況は白一強である。しかも斎藤が盤面を進めるたびに悪化している始末。今も、俺に有利になる位置に斎藤は打っている。

ちらっと斎藤を見ると、視線に気づいたのか視線が交わった。

「な、なかなかやるじゃないですか、田中くん」

「……どうも」

「もう勝ったと思ってますか？　まだまだここからですよ」

「ソウダナ」

もう哀れすぎて見ていられない。もちろんここからちゃんと考えて強い場所に打てば、分からないが、なぜか斎藤が選ぶのは最弱の場所である。ある意味才能だ。

斎藤の闘志は尽きることがなかったが、結果は俺が圧勝した。

「ま、負けました。もう一回、もう一回勝負です」

「いいけど、せめてハンデをつけたほうが良いと思うぞ」

「そうですね。こうなったら手段は選んでられませんから」

「じゃあ、角四つにそっちの駒を置いて良いぞ」

「そんなに⁉」

目を真ん丸くして驚く斎藤。むしろ足らないくらいだと思っているのだが、斎藤は違うらしい。

「ふふふ、油断しましたね、田中くん。負けて後悔しないことです」

斎藤は希望に満ちた目で黒の駒を置いた。斎藤のセリフがフラグだと思うのは俺だけだろうか？

「なんでですかー！」

結果はもちろん俺の圧勝だった。さっきよりは黒色の駒も残っているが、まだ圧倒的に俺の駒が多い。これでは斎藤が束になってかかってきても余裕だろう。

「全然勝てません」

「斎藤はもう少し駒の置く位置を考えたほうが良いと思うぞ」

「考えてます。こう、びびっと来るのを感じてるんです」

「それを考えているとは言わない」

道理で弱いわけだ。完全に勘だし、それじゃあ運ゲーと全く変わらない。むしろ、運ゲーより酷いまである。その後も何度も対戦したが、俺の十戦十勝で終わった。

「オセロはもういいです。そろそろ時間ですし」

「だな。用意するか」

斎藤は憎らし気にオセロを眺めて、立ち上がった。多分もう二度とこのオセロが日の目を浴びることはないだろう。

「先に用意して来いよ。これ片付けて置くから」

「すみません。ではお願いしますね」

斎藤は軽く頭を下げて洗面所の方へと行った。

既に俺はここに来るために用意が済んでいるので上着を着るだけである。斎藤も多少は終わっているだろうが、外に出るほどの用意はまだ時間がかかるだろう。

ただ待つのも暇なので、適当にオセロを一人で始めてみる。互いに相手の急所を打つようにしながら考えると、これはこれで面白い。

「あ、勝手に練習してます。これ以上強くなってどうするんですか」

何やらお出かけ用の荷物を抱えた斎藤がこっちを見ていた。荷物を取りに通りかかったらしい。

「暇つぶしにやってただけだから、気にするな。早く用意して来い」

ひらひらと手を振って追い払うと、斎藤は洗面所に戻っていった。

しばらく一人オセロで時間を潰したところで、ようやく斎藤が姿を現した。

「すみません。遅くなりました」

「いいよ、全然。じゃあ行くか」

斎藤は今日は髪を巻いていてふわふわしている。これは用意するのに時間がかかるわけだ。今日も私服姿の斎藤は最高に可愛い。

このあたりで一番大きなゲームセンターが隣駅のところにあるということだったので、電車で移動する。隣駅なので乗っている時間は短い。

「田中くんはゲームセンターとか行ったことありますか」

「一回か、二回くらいなら」

「へぇ。何をしに？」

「和樹の付き添いだな。映画まで時間があってその暇つぶしに寄ったんだ」

「相変わらず一ノ瀬さんとは仲がいいですね」

斎藤は可笑しそうにくすっと笑う。あいつと仲が良いと言われるのは心外だ。

「仲が良いというか向こうがしつこいから仕方なく行っただけだぞ」

「それでもあの田中くんが行ってもいいと思うくらいなんですから、仲が良いと思います」

俺の嫌そうな顔が面白いのか斎藤は笑いを止めない。意地でも認めたくなかったが、これ以上否定しても斎藤を楽しませるだけになりそうだったので、それ以上言うのを止める。

「斎藤はどうなんだ？」

「昔、何回かは行ったことあります。それこそ友人とプリクラを撮りに来た時とか、あとはぬいぐるみのグッズが欲しくてクレーンゲームをしたことがありますね」

「へぇ、意外と来てるんだな」

斎藤がゲームセンターに来ているのは意外だ。もっと可愛い系のしか行かないと思っていた。

「そんなに意外ですか？」

「雑貨屋とかカフェとかだと勝手に思ってたわ」

「確かにその辺りも行きますね」

予想は当たっていたようで、斎藤はこくりと頷く。そんなことを言っている間にゲームセンターに到着した。

「おお、ここか。初めて見たな」

「入ったことはなくても外観は見たことあるでしょう？　この大きさなんですから」

「いや、この駅来るとき本屋さんにしか行かないし」

「もうちょっと周りを見ましょうよ」

呆れたため息を吐かれても困る。駅に着いたってことはあとちょっとで本屋さんということだ。そんなときに余計な情報が入るスペースはない。

中に入ると一気に電子音が襲ってきた。思わず一歩引く。

「どうしました？」

「いや、めちゃくちゃうるさいから」

「入ったときはいつもそうなりますよね」

斎藤との会話もちょっと聞き取りにくい。口の動きと合わせてなんとか聞き取る。

「向こうの方にプリクラのゾーンがあるみたいなので、そっちに行きましょう」

斎藤が指差した方向へと向かって歩いていくと、男性だけで立ち入り禁止の張り紙が貼ってあった。

「おい、これ大丈夫か？」

「女性同伴は可、って書いてあるじゃないですか」

「そうだけど、普通に不安なんだが？」

「大丈夫ですって。きっと他にも男の人が……」

奥のプリクラ機が並んでいるところを見てみたが全員女性だ。斎藤も気付いたようで言い淀んでいる。

「……まあ、大丈夫でしょう」

完全にスルーしやがった。もう不安で仕方がないのだが？　安全安心のプリクラ機じゃなかったのかよ。

斎藤がぐんぐん奥に進んでいくので。仕方なく後を追いかける。きゃあきゃあ騒ぐ女性の集団の話し声でにぎやかだ。

「いっぱい種類があるみたいですね。どれがいいんでしょう？」

こちらに視線を送ってくるが、俺に聞かれても困る。むしろなんで知ってると思ったのか。

「まったく分からないぞ、俺は」

「ですよね。こういう時はネットに聞くに限ります」

スマホを取り出して真剣に眺め始める。ふむふむと何回か頷いていた。

斎藤が調べている間も他の女性客が通るわけで、集団でこちらを見られるとめちゃくちゃ気まずい。隣に斎藤がいるので大丈夫だと思うが、通報されないか心配だ。この年で前科は持ちたくない。

「お、おい、斎藤、まだか？」

「もうちょっと待ってください。今、良い所なので」

肩を掴んだら振り払われた。ちょっと、斎藤さん？　真面目に調べるのはいいが、こっちも助けてくれ。

針のむしろのような時間が過ぎていき、ようやく斎藤がスマホをしまった。

「ふう、ばっちり分かりました」

「わ、分かったのか？」

「はい。あれが一番いいみたいです」

「じゃあ、それに行こう、早く」

「そんなに急がなくても大丈夫ですよ。あれ、なんか疲れてません？」

「もう散々だった……」

斎藤は素で気付いていなかったようで、きょとんとした表情だ。俺の苦労も知らないとは、良いご身分である。プリクラ機には人がいたので、空くまで斎藤にこの待ち時間の苦労を聞かせ続けた。

「あ、空いたみたいですね」

「ここにお金を入れればいいのか？」

チャリンチャリンと硬貨が機械に吸い込まれていく。暖簾のようなものを潜って中に入ると、真っ白な壁に後ろがグリーンバックになっている部屋が広がっていた。外から想像していたものよりかなり広い。荷物をカメラ横の棚に入れている間にアナウンスが入り始めた。

「もうスタートなのか！」

背景、人数の選択画面が出てくる。急いで選べば、すぐにカウントダウンが始まった。

身構える暇もない。画面にポーズが指定されるので、それに従ってひたすら撮影されていく。

「良い感じですよ、田中くん、なかなか機敏ですね」

斎藤は意外と慣れているようで、どのポーズも様になっている。こっちは見様見真似なのでぎこちなくなっていないか心配だ。変なポーズもあった気がするが、それを気にしている余裕はない。息をつく間のないまま、撮影が終わった。

「お疲れさまでした。隣のブースに進んでください」

機械にまで労われてしまった。あっという間の出来事に、ようやく息を吐く。

「はぁ、つかれた」

「まだありますよ」

「なに？」

「ほら、こっちです。時間が無くなっちゃいます」

斎藤に引っ張られて隣の部屋に入る。中には二画面あり、さっき撮影した俺たちの写真が表示されていた。結構狭（せま）い。斎藤と身体（からだ）がくっつきそうで、なんとか間を空ける。

「これ、どうするんだ？」

「このペンで文字を書いたり、スタンプをつけたりするんです。あとは自分の加工とか」

「ほう……」

「あとは、勘です」

「おい」

そんな急にぶん投げないで頂きたい。初心者にはかなりハードだぞ。斎藤がペンで画面に書き込んでいるので、自分も日付でも入れてみる。

「田中くん、目も加工しましょう」

「目？」

斎藤がこっちの画面に手を伸（の）ばしてきた。画面を何回か操作すると目のアイコンらしきものが写真の下に表示されている。

「これで、選んでください。目の形とか変わるので」

物は試しに一個選んでみると、俺の目が若干垂れ目になった。

「おお！」

一つ一つ選ぶたびに目の部分が変化する。光の入り方や大きさまで自由自在だ。科学ってすげー。色々遊んでいると、斎藤がこっちを見ていた。

「目の加工でそんなに楽しんでいる人初めて見ました」

「いや、だって凄いだろ。こんな色々変わるんだぞ？　プリクラ機半端ないわ」

「多分それはどの機械でもできますよ」

「まじか」

このプリクラゾーンにあった機械全部がそんな高度なことが出来るとは。時代の進化は凄すぎる。

「田中くん、本当におじさんみたいです」

おじさんは勘弁してほしい。これでもまだ高校生だというのに。酷い言い様だ。結局目の加工で遊び過ぎて、それで終わってしまった。

加工の時間も終わり、プリクラゾーンを出る。

「あれ？　写真は？」

「今はネットですよ。ネットにアップロードされるのでそれをダウンロードするんです。

今、私が送りますね」

ピコンとトーク画面に斎藤からのメッセージが送られてくる。開くと十枚の写真が来ていた。

「こんなに撮ってたのか」

「一気に撮影しますからあっという間ですよね」

未だに自分がどんなポーズをとっていたのか思い出せない。一枚一枚確認していく。どのポーズも可愛らしい女子向けのものが多く、自分だと結構気持ち悪い。隣に最強美人の斎藤がいるのでなおさら。

「ふふふ、この田中くんなんて可愛いですね」

「はぁ？　どれだよ」

斎藤が見ていたのは顔の前でハートを作っているポーズのやつである。まったく可愛くない。斎藤の感性は大丈夫だろうか？

「どう見てもきもいだろうが」

「分かってないですね。このギャップがいいんですよ。絶対取っておきましょう」

斎藤は写真にロックをかけて間違って削除できないようにする。あれ、もしかしてまた黒歴史を握られたのでは？　そう考えると斎藤の大事そうに保存している手つきも別の意味に見えてくる。

「まさか、斎藤。俺を脅す気か？」

「脅す？　どうやってですか？」

「その写真をばらまくといえば……」

「ああ、そういうことですか」

ふむふむと何度も頷く斎藤。こっちを見てにやっと小悪魔な笑みを浮かべた。

「そういう使い方もありですね」

明らかに悪いことを考えている表情である。完全に俺の失言だ。斎藤が愉快な足取りで歩き出すので、戦々恐々としながらその後ろ姿を追いかけた。

斎藤と一緒に元来た道を戻ると、ようやくゲームセンターらしい場所にきた。かなり広々としていて色んな種類のゲーム機が置いてある。メダルゲーム、リズムゲーム、レーシングゲーム等々。入り口周辺には大量にクレーンゲームのゾーンが広がっている。

「クレーンゲームのぬいぐるみってどうしてこんなに欲しくなるんでしょうね」

クレーンゲームのショーケースを一つ一つ見て回る。見たことのあるキャラクターのグッズや、動物系のものまで。大小様々だ。

「前にグッズを取りに来たって言ってたよな。なにを取ったんだ？」

「眠り猫というシリーズのグッズですね」

「また猫か」

なんとなくそうなのかなとは思っていたが、変な予想が当たってしまった。分かりやすすぎる。

「猫と言っても全然違うやつですよ。今回のは眠っている姿限定のやつで――」

「分かった分かった」

「全然分かってないじゃないですか」

正直これ以上聞いても斎藤の猫への愛が語られるだけなのは目に見えている。話し出したら止まらなくなるので、早期に止めることが大事だと付き合いで学んだ。

「田中くんはクレーンゲームでどんなのが欲しいですか？」

「もちろん本に決まってる」

ぐっと親指を立てると、斎藤の口から盛大なため息が出た。

「そんなクレーンゲームあるわけないでしょう」

「中にはあるかもしれないだろうが」

一応念のため、スマホで調べてみる。日本は広いのだから一か所くらいそんな変な場所があってもおかしくないはず。

「ダメだ。クレーンゲームの攻略本しか出てこない」

「当然です。そんな田中くんしかやらないような機械があったらたまりませんから」

俺の希望は潰えてしまったので、斎藤の欲しそうなものでも見て歩く。斎藤が何を欲しがるのか、容易に想像がつくが、まだ分からない。斎藤が足を止めるまで待つ。

「あ！」

とうとう斎藤の動きが止まった。一つのクレーンゲームの前でじっと中のぬいぐるみを見つめている。

（やっぱりな）

斎藤の視線の先には、俺でも知ってる猫の人気キャラクターのぬいぐるみが置いてあった。時々斎藤がその柄が付いているシャーペンを使っていた。

「欲しいのか？」

「貰えるなら欲しいですけど」

「結局猫か」

「悪いですか？」

目を鋭く細めて睨んでくるので首を振る。

「そんなに欲しいなら取ってやろうか？」

「田中くん、出来るんですか？」

すごく心配そうな顔をされてしまった。普通そこは期待の眼差し（まなざし）が貰えるところだとおもうのだが。

お金を入れて、クレーンを動かす。クレーンゲームをやったことはないが、やり方は分かっている。手前の矢印ボタンを使って狙（ねら）った位置に送ればいい。それだけだ。

「え、あ、ちょっ……」

ボタンを離すタイミングを完全にミスった。空中に停止したクレーンが何もない場所に落ちていく。かすりもしない。

「……やめましょうか」

斎藤の冷静な声が飛んできた。まずい。このままでは本当に俺がだめなやつになってしまう。

「ま、待って。今のはミスっただけだ。もう一回やれば今度こそ上手（うま）くいく」

「ほんとですか？」

明らかに訝（いぶか）し気な目をしており、呆（あき）れられているのは間違いない。次失敗したら終わるのが目に浮かぶ。震（ふる）える手をなんとか抑（おさ）えて、慎重（しんちょう）に場所を決める。

（ここだ！）

狙いすました位置にピッタシ止まる。そのままクレーンはぬいぐるみの中央に落ちていき、二枚の刃が身体を掴んだ。重心の位置も完璧である。あとは持ち上がるだけ。そう思ったのだが、少しだけ持ち上がった後、すぐに落ちてしまった。

「うそだろ……」

狙いも完璧。動き方もシミュレーション通り。でも取れなかった。呆然と立ち尽くすと、斎藤が俺の身体を台から押して退かした。

「一気に狙うから取れないんです。ちょっと貸してください」

斎藤は財布から五百円玉を取り出して機械に入れて、クレーンを操作し始めた。一回目は軽く掴んで、落とし穴の近くに頭を動かし、二回目、三回目で身体を落とし穴に寄せていく。実に慣れた手つきである。四回目で、ほぼ落ちかけのところまでぬいぐるみは移動し、五回目できっかり穴に落とした。

「ふぅ。取れました」

一仕事終えたように額を拭っている。あまりに鮮やか過ぎてかっこいい。思わず見惚れてしまった。

「……結構上手いんだな」

「猫グッズはクレーンゲームに並びやすいので、ずっとやっていたらって感じです」

「そうか……」

「えっと、取ろうとしてくれた気持ちは嬉しかったですよ？」

気を遣っているのは丸分かりだ。斎藤にかっこいいところを見せようと思ったが、結局失敗し、なんともしまらないデートになってしまった。

斎藤の家でソファに背中を預けていると、ピロンッと電子音が鳴った。机の上に置かれたスマホの画面が光っている。隣に座っていた斎藤が手を伸ばす。陶器のようなシミ一つない手で画面を確認していた斎藤は、ピタッと動きを止めた。

「田中くん、見てください！」

軽く肩を揺さぶられて、本から斎藤に視線を移す。いつになく顔を輝かせて華やぐ姿は珍しい。

「どうした？」

「サイン会の抽選が当たりました！」

「サイン会？」

予想外の言葉に思わず首を傾げると、斎藤はさらに俺の身体を揺さぶってきた。

「ほら、これを見てください」

「そんなに揺らされたら見られないんだが」

俺の身体だけ震度六のように激しく揺さぶられ、視界はぶれぶれだ。指摘すればすぐに視界の地震は止んだ。

「すみません。つい嬉しくて」

「いや、いいけど。それでなんのサイン会なんだ？」

「私が大好きな作家さんが新作を発売するんですが、その記念として今月末あるんです」

斎藤が挙げた作家の名前は、かなりの有名人で俺も好きな作家のひとりではある。いつの間にそんなサイン会に応募していたのか。

「へー、そうなのか。全然知らなかった。よくそういうイベントがあるって気付いたな」

「今の時代はSNSですよ。作家さんのアカウントをフォローしているので、すぐに通知から分かりました」

「斎藤がSNSって。やってないって学校の噂だと聞いてたぞ？」

「もちろんリアルなものはやってないですよ。読書用のアカウントです。昔から読んだ本の感想用として使っていました」

「へー、そういう使い方もあるのか」

「本当に現代の便利な道具を使わないんですね。……タイムスリップしてきました？」

珍しいものを見る奇異な視線がとても痛い。

「いや、スマホは使っているし」

「一日に三十分ぐらいでしょう？　それを使っているとは言いません。若い人の使用時間は二時間以上とさえ言われているんですから。田中くんのは八十代のおじいさんレベルです」

「これが高齢化社会というやつだな」

「……田中くん、なにを言っているんですか？」

だから睨まないで欲しい。ちょっとふざけただけなのに。普段はお皿のような丸い瞳が一文字に細められている。だがすぐに緩み、掠れた吐息だけが斎藤の口から漏れた。

「田中くんがおかしいのはいつものことですからもういいです」

「いや、良くは……」

「そんなことより、サイン会ですよ！」

「おい」

ちょっと、斎藤さん。確かにサイン会は大事なことだが、俺がおかしいという発言は訂正させて欲しい。勝手にそこら辺に捨て置くな。ちゃんと後で拾わせていただきますよ？

「とにかく、サイン会が当たってよかったな」

「はい。かなりの倍率でしたので、あんまり期待していなかったんですけど」

「なおさら凄いだろ。斎藤って結構運良いんだな」

「そうでもないですよ。今回だけです。当たるために色々頑張りましたからね」

斎藤は胸を張り、ふふんっと鼻を鳴らす。

「へぇ。例えば？」

「まずは、キャンペーンの応募欄に限界まで作家さんの魅力を書きました」

「ほう」

「しかも一回じゃありませんよ。何回も別の感想などを書きましたね」

「あんまり詳しくはないんだが、同じ人が複数応募するのは良くないんじゃないか？」

「はい。何回応募しても当選確率は変わらないと表記してありました。ですが、何回でも応募できる仕様になっていたということは、これはつまり沢山感想を書けという神の思し召しかと思いまして」

「いや、単純に斎藤みたいなやつを想定していなかっただけだと思うぞ」

思わずつっこんでみたが、斎藤は胸の前で両手を組み、きらきらとした瞳で天を仰いでいて気付いた様子はない。

「運営側も何回も送ってくる人がいれば、流石に名前を覚えるでしょうし、熱意も伝わると思っての作戦でしたが、上手くいきましたね」

にやりと、美少女が見せてはいけないあくどい笑みが斎藤の顔に浮かんだ。怖い怖い。

これじゃあ、天使どころか悪魔(あくま)だ。

「……上手くいったみたいでよかったな」

呆れて言葉を零(こぼ)せば、眩(まぶ)しいほどの笑顔で斎藤は頷いた。

「他にもなんかしたのか？」

「一番力を入れたのはそれですね。他には毎日お祈(いの)りしておいたくらいです」

「お祈り？」

「あ、田中くんにはまだ見せていませんでしたね」

斎藤は立ち上がると、奥の部屋へと消えていく。だがすぐに戻ってきた。

「……猫？」

斎藤の手のひらの上にはちょこんと小さな猫らしき物体がのっている。

ただその座り姿は四つ足ではなく二つ足で座っており、片方の前足を上げて挙手するような姿だ。

「どうです？　可愛いでしょう。リアルな猫バージョンの招(まね)き猫の像なんです」

「お、おう」

「ネットでバズっていた写真をモデルにして作られたみたいなんです。ほら、これです」

そっと見せられた写真と、確かに目の前の像はそっくりである。毛並みといい、模様といい再現度は高い。

「これにお祈りしていたのか？」

「はい。一目見たときから、これは祈るために買うしかないと思いまして」

「それ、単純に欲しくて買っただけだろ」

「……違いますよ？」

声はいつもの調子だが、僅かな間が確かにあった。しかも今、目が合ったら分かりやすく目を逸らしたし。

「衝動買いは程々にしておけよ」

「計画性もなく生活費まで使い果たす田中くんには言われたくありませんね」

「俺のは計画的に生活費まで使い果たしているだけだ」

「なおさら悪いです」

斎藤はもの言いたげな目と共に小さく息を吐く。なんだよ、その反応は。

「なにはともあれ、サイン会に行けるみたいでよかったな」

「はい。行くのが楽しみです」

「いつなんだ？」

「三月の三十一日なので、新学期の前日ですね」

「おお、じゃあちょっと大変だな」

「憧れの人に会えるんですから、軽いものです。それでですね……」

「ん？」

「実は同伴者が一人まで良いみたいなんですけど、一緒に行きますか？　もちろん面倒でしたらいいんですけど」

「まじで？　いいのか？」

出方を窺うようにこちらを見つめてくる斎藤。ちょっと羨ましいと思っていたところだったので、行っていいのなら是非とも行かせていただきたい。思わず二度見してしまった。

「そんなに驚かなくても……。一緒に行きたいから誘ったんです。嫌な訳ないじゃないですか」

ぷいっとちょっとだけ顔を背けて、ぽつりと言葉を零した。その横顔には僅かに桜色が灯る。

「お、おう。そうか。じゃあ一緒に行くか。ついでに前話していた桜祭りも行こうぜ」

「そうですね。いいと思います。お花見もあんまりしたことが無いので楽しみです」

ゆるりと小さく微笑む斎藤。だがすぐに顔をはっとさせた。

「あ、本じゃなくてちゃんと桜を見るんですよ?」

「俺をなんだと思ってるんだ」

「田中くんならありえるかと」

「しないっての。流石にお花見デートで本を読むのがまずいのは俺でも分かる。……まあ、ちょっとだけ読むことを考えたけど」

「ほら、やっぱり!」

軽くぺしりと肩を叩かれた。隣から見つめてくる半目の視線にそっと顔を逸らす。どうして斎藤は俺の考えていることが分かったのか。最近だんだんと斎藤に俺の思考が読まれている気がする。斎藤の鋭い洞察力が少しだけ恐ろしくなった。

斎藤とのお花見を春休み最終日にすることになったわけだが、最終日まではまだ日がある。約束の花見の日までに、もちろんバイトもあるわけで。
「すみません。この桜セットお願いします」
休日の三時過ぎ。外出の休憩がてら立ち寄ったであろうお客さん達で店内が賑わっている。店長の気まぐれで始まった桜フェアが謎に人気だ。今日で既に二十件は注文が入っている。珍しくヒット料理を作れたらしい。

「店長、また桜セット入りましたよ」

提供した料理を引き取る傍ら、厨房で忙しそうにしている店長さんに声をかける。

「あら、ほんと？　もう嬉しい悲鳴ね」

「珍しくヒットしましたね」

「珍しくって失礼ね。いつもだって新メニューの注文入っているでしょ」

不満げに鼻を鳴らす店長。確かに新メニューが出たときは毎回注文は入っているが、数は少ない。明らかにニッチな需要しか狙っていないので当然ではあるのだが。

経営が上手くいっているに越したことはないので、大人しく料理をお客さんに提供しに戻った。

しばらく忙しかったが、四時を過ぎるとようやく賑わいも落ち着き始めた。早足で店内を動き始める必要もない。

「聞きましたよ、田中先輩。とうとう彼女が出来たみたいじゃないですか」

お客さんが食べ終えた食器を両手で運んでいると、同じく食器を運ぶ舞さんが隣に並んできた。楽し気に笑みを浮かべてこちらの顔を覗き込んでくる。

「一応ね。この前のホワイトデーの時に付き合うことになったんだ」

「いやー、おめでたいですね。田中先輩、彼女さんのために色々頑張っていましたもんね。栞の時とか」

「そんな時もあったたね。あの時はありがとな」

「いえいえ、全然いいですよ。ただ少しくらいは私にお世話になったわけですし、一言くらい報告が欲しかったなーって。ほら、実質私がキューピッドみたいなところありますし？」

ちらちらと見つめてくる視線がわざとらしい。確かにあの時は凄く助けてもらったわけではあるが、こんなうざいキューピッドは嫌だ。

「舞さんをキューピッドとか絶対認めたくない」

「なんでですか！　こんな可愛い美少女ほどキューピッドに相応しい人はいないですよ！」

ほらほらと言わんばかりに周りをうろちょろしてくる。食器を持ったまま暴れるんじゃない。やっぱり似つかわしくない舞さんに「そういうところだと思う」と思わず本音が零れる。

幸いなことに舞さんが食器を落とすこともなく、無事洗い場に食器を届けることが出来た。未だに舞さんは俺にキューピッドと認めさせるのを諦めてないようで、何度も分かりやすくアピールしてきたが勿論全部無視である。

そこに柊さんが通りかかった。

「あ、柊先輩」

舞さんは柊さんの姿を捉えるとすかさず柊さんに抱き着いた。そのままうるうると目を潤ませて柊さんを見上げる。

「た、田中先輩が……」

「おい」

明らかに誤解を与える言い方である。案の定、柊さんはこっちを見て目を鋭くした。

「ちょっと、田中さん。私の可愛い後輩に何をしたんですか？」

「いや、なにも……。舞さんがキューピッドって強引に言い張るので無視してただけです」

「キューピッド？」

柊さんはこてんと首を傾げる。きょとんとした表情は斎藤のときと全く同じだ。舞さんは柊さんから身体を離すと説明を始めた。

「ほら、田中さんが彼女さんとお付き合いを始めたって教えてくれたじゃないですか」

「ああ、そんなことも言いましたね」

「私がしおりの時に色々お世話をしてあげたので、私がキューピッドだって主張していたんです」

「確かに、それは舞ちゃんがキューピッドかもしれませんね」

「ほら！」

舞さんが顔を輝かせてこっちを見た。どこか得意げな表情が腹立たしい。これさえなければ認められるのだが。

「このぐらい田中さんも認めてあげたらいいじゃないですか。実際お世話になったわけですし」

「まあ、柊さんがそう言うのなら……」

柊さんを使うのは卑怯だと思う。認めないわけにはいかなくなる。改めて目の前のずる賢いキューピッドを見て肩を落とす。

「まあまあ、そんな落ち込まないで下さいよ。困ったときはこのキューピッドがお助けしますから。どうです？　彼女さんとは順調ですか？」

舞さんの手がぽんぽんと肩を叩く。こんなことになっているのは誰が原因だと思っているのか。顔を顰めて見せても舞さんに気付いた様子はない。

「多分順調だと思うよ？」

振り返ってみても問題となるようなことは無いように思う。時々呆れたため息を吐かれるが、特に喧嘩などは起きたことが無い。いつも楽しく過ごせているはず。もちろん俺が気付いていないだけの可能性はあるが。斎藤の反応が気になって柊さんを見ると、目が合った。

「……本当ですか？」

何かを言いたそうな表情と共に、ほんの僅かに不満を滲ませた声が届く。え、うそだろ？

「自分的には順調なつもりなんですけど、やっぱりなにか問題とか不満とかあったりするんですかね？」

「さあ、本人ではないのでなんとも言えないですね」

惚けるように首を振る柊さん。いや、そこで教えて貰えないのは困る。明らかになにか言いたそうな表情をしていたし。

前に和樹が女子の不満が溜まるときが別れる時だと言っていたので、ここは何としても本音を知らなければならない。

「もしかして、柊さんは付き合っている人に対してなにか不満に思っていることがあるんですか？」

「え？」

自分が聞かれると思っていなかったのか、びっくりしたように目を大きくした。レンズの奥の瞳が丸くなる。

「さっきなにか言いたそうな顔をしていたので、なんとなく思ったんですけど」

「え、柊先輩、そうなんですか⁉　私も聞きますよ！」

普段なら恋愛事につっこんでくる舞さんが邪魔なところだが、今だけは凄く助かる。俺と舞さんに見つめられて、柊さんは迷うように視線を彷徨わせた。ゆらりゆらりと空中に視線が揺れる。

さらにじっと見つめ続けると観念したのか、はぁと小さく息を吐いた。

「実は彼が全然手を出してこなくてですね……」

「え⁉」

まさかの発言に思わず声が出てしまった。流石にそんな話題だとは思いもしなかった。柊さんをまじまじと見つめると、顔を薄く朱に染めながら目を細めて睨み返してくる。

「変な勘違いをしないでください。そこまで先の話ではなくて、単純にスキンシップがないという話です」

「！　そういうことですか。向こうからあまり来てくれないと不安にもなりますよね」

腕を組んでうんうんと頷く舞さん。ポニーテールがぴょこぴょこ跳ねる。

「はい、やっぱり自分に魅力がないんじゃないかと」

柊さんはそう言いながらちらっとこちらを見た。いやいや、むしろ魅力的過ぎてずっと困ってますが？

「そんな不安に思う必要はないと思いますけど」

「でしたら、どうしてなにもしてこないと思いますか？」

宝石のような澄んだ瞳でじっと見つめてくる。一応彼氏と俺が別人の設定は活きているんだぞ？

あまりに気になるのか、柊さんのその表情は真剣そのものだ。斎藤が不安に思っているわけだし、勿論伝えるのは良いのだが、本人に自分の本音を伝えるのはやっぱり恥ずかしい。なんとか顔に出ないようにしながら言葉を選ぶ。

「……まだ付き合ってそこまで時間が経っていないわけですし、今すぐ何かをするっていうのは難しいんじゃないですか？　自分の場合は彼女のことが可愛くて仕方ないですし、下手に関係を進めたら、ずっといちゃつきたくなりそうですし」

「え、そうなんですか」

「ま、まあ。止まらなくなりそうな自覚はありますね」

少し噛んでしまったが、なんとか柊さんからの追及を乗り越えた。くそ、本来なら今の立場は斎藤をからかって照れさせられる立場なはずなのに、なんで俺が逆に照れさせられているんだ。こみ上げる羞恥の熱を無理やり押し込める。

柊さんは、きゅっと自分の制服を握って、頬を染めた。

「そういうことでしたら、確かに仕方ないかもしれないですね」

「多分柊さんの彼氏さんも同じ気持ちだと思いますよ」

「ほぅ。田中先輩、流石同じ男子の気持ちを分かってますね」

舞さんが感心したように吐息を零した。同じ男子どころか、本人だからな。そりゃあ心情なんて全部わかるっての。

「少しは安心出来ましたか?」

「多少は。でもやっぱり……」

「まだ何か?」

「名前くらいは下の名前で呼んで欲しいですね」

「え、まだ呼んでもらってないんですか」

舞さんが信じられないとでも言いたげに声を上げる。確かに、その驚きは尤もである。なんで今まで気付かなかったのか。柊さんが言うまで全く意識もしていなかった。最初から『斎藤』呼びだったし、玲奈と呼ぶのはなかなか違和感がある。

「付き合っているのに下の名前で呼び合わないなんて、それは確かに不安にもなりますよね？」

「でしょう？」

柊さんと舞さんで互いに頷きあっている。その会話が耳に痛い。和樹が聞いたら呆れるのが手に取るようにわかる。

「大丈夫ですか、その彼氏さん？」

「もちろん、凄く良い人ですよ。単純に呼び方を変えるとか考えてもいないだけだと思います」

大きいため息が柊さんの口から出る。いやまったくその通り。ここまでお見通しとは。

「大丈夫ですよ、柊さん。ちゃんとこれから彼氏さんが呼んでくれるようになりますから」

「本当ですか？」

「もちろんです」

力強く頷けば、柊さんは納得したように表情を緩める。ここまで言われてやらないわけにはいかない。ちょうど斎藤と出掛ける用事があるわけだし、その時に呼ぶとしよう。呼べば斎藤も俺のことを下の名前で呼ぶだろうし。斎藤に自分の名前が呼ばれる光景を想像してみると、確かに嬉しいものがある。絶対やらねば、そう心に決めた。

春休みの最終日は快晴だった。天気予報によると、今日は全国どこも快晴らしい。かなり気温も上がるということだった。まだ朝の七時で日は東の空に浮かんだままだが、待ち合わせ場所の駅にはいつになくテンションの高い斎藤がいた。

「あ、田中くん。おはようございます」

「……ん、おはよう」

「随分眠そうですね」

「普段なら今頃ベッドの中だからな」

超夜型の自分にとってこの日差しはかなり厳しい。もはや凶器である。

「せっかくの朝日ですよ。ちゃんと浴びないと」

「むしろ燃えて灰になりそう」

「田中くんが吸血鬼でしたら、ずっと棺桶の中にいそうです」

「間違いないな」

「そんな強い同意は要りません」

発言したのは斎藤のはずなのに、同意したら睨まれた。解せぬ。

なんとか目を開けると、斎藤の随分気合の入った格好が目に入った。

「随分手が込んでいるんじゃないか？」

服装はシンプルな白色のワンピースだが、髪が綿密に編み込まれている。ハーフアップの髪型にリボンが花形でくっつきそのリボンの一部がカチューシャのように髪と一緒に編まれていた。一日で準備に時間がかかるものだということだけは分かる。

「楽しみ過ぎて朝四時に目覚めまして」

「四時⁉」

四時と言ったら最早夜である。あまりに早すぎる起床に斎藤を見つめる。この世の人間とは思えない。

「そんなこの世の人間とは思えない、みたいな目はやめてください」

「なんでわかった」

「当たっていたんですね……」

ちょっぴり呆れたため息を零す斎藤。だから当てるなよ。最近斎藤が超能力に目覚め始めている可能性があるかもしれん。

「せっかく朝早くに目覚めたので、髪を編み込んでみました」

「いいんじゃないか？　すごく似合っていると思う」

「ふふ、そうですか」

嬉しそうに零れた笑みが愛らしい。可憐でどこか太陽みたいでいつになく魅力的だ。

「さあ、田中くん行きますよ。もうすぐ電車が来ますから」

いつもならもう少し控えめなのだが、今日は遠慮なく手を伸ばして指先を俺の手に絡めてきた。僅かに低い体温がひんやり手のひらに広がる。きゅっと力が篭り、引っ張られた。

電車は遅れることなく到着し、無事乗り込むことが出来た。朝が早いせいか車内の人は少ない。二人席の座席に座ってひたすら揺られ続ける。適度な揺れは心地よく、眠気が寄ってくる。

「ふぁあ」

「眠そうですね」

「そりゃあな。六時起きとか久しぶりだからな」

「出るだけならそんなに早く起きる必要は……って、そういうことですか」

斎藤は俺の顔を見て、にやけるように口角を上げる。

「わざわざ準備までしてくれたんですね」

「一応な」

今の自分の格好は学校の時の適当な格好ではなく、バイトの時の身なりで整えた姿である。この準備をするために必要以上に早起きをする必要があった。

「前にも見ましたが、凄く似合っていると思いますよ」

「そりゃあよかった」

褒められれば悪い気はしない。バイトの時の姿を褒められるのはなかなかないので新鮮だ。

「学校の時もその格好しないんですか？」

「するか、面倒くさい」

「まったく、そこを面倒くさがらなければ、もう少しモテそうなんですけどね」

「その準備の時間より本を読む方が大事だからな」

「もう本と結婚したらいいんじゃないですか？」

「出来るのか⁉」

「もののたとえです」

ぴしゃりと言われて止められた。なんだ、そんな方法があるのかと思ったのに。

「まだまだ長いですから寝ていいですよ」

今回のサイン会は電車で三時間のところで開かれるため、降りるのはかなり先のことだ。

せっかくのデートではあるが、途中で眠くなるよりは今寝ておく方がましだろう。

「いいのか？」

「はい。私は外の景色を眺めたりスマホを見たりして過ごすので。私のために早起きしてくれたんですから、許してあげます」

斎藤はよっぽど嬉しかったのか笑みを溢しながら頷くので、遠慮なく眠ることにする。残念ながら背もたれは倒れないので、座席に座って腕を組んで、俯くようにして目を瞑ればすぐに眠気が襲ってきた。

だんだん深まる眠気と共に、意識が薄れていく。眠りに落ちる直前、ふとこの前のバイト先の話を思い出した。

斎藤は意外とスキンシップというものをしたいらしい。ずっと遠慮していたが、触れ合うのを許してくれるのなら、躊躇う必要はないだろう。そっと隣に座る斎藤の肩に頭を預ける。

（うん、いい感じだな）

さっきよりは幾分か首に負担は少なく、姿勢も辛くない。ほんのりとした体温が伝わってきて、かなり温い。一気に眠りに落ちる。意識が手放される直前、「ひゃっ」という声が聞こえた気がした。

（ん、なんだ……）

何か頭に伝わる違和感に目を覚ました。

自分の髪の毛を梳くように何度もなにかが行き来する。優しい感触は心地よく、丁寧に扱われているのだけは分かる。ぼんやりとした意識がだんだんはっきりする中で、その感触が斎藤の手によるものだと察した。

目が覚めていることがばれないように身体を固める。その間にも斎藤の手は何度も俺の頭を往復する。

目を瞑ったままはっきり意識が目覚めると完全に今の状況を理解した。自分は斎藤の肩に寄りかかっており、その頭を斎藤は撫でているらしい。なにが楽しいのか分からないが、こうやって考えている間も斎藤は俺の頭をずっと撫でている。

時々、もふもふと髪を押すように触ったり、あるいは撫でつけるように触ったり。とにかく俺の頭で勝手に楽しんでいることだけは分かる。

こっそりばれないように薄目で視界を広げてみたが、隣にいるせいで様子は見えない。これからどうしたものか悩んでいる間に、斎藤は手を止めた。おっ、と思ったのも束の間で、スンスンと鼻を鳴らす空気の音が聞こえ始めた。

（おい？）

どうやら俺の頭の匂いを嗅いでいるらしい。好き好んで斎藤がやっていることではあるが、なんとも微妙な気持ちだ。どういう心持で今の状況を受け入れればいいんだろうか。戸惑ってなにも反応できない間にまた俺の頭を撫でる行為に戻った。流石にこのままずっとというわけにもいかない。

「んっ」

わざとらしく声を漏らして身体を動かすと、一瞬で斎藤の手の感触が頭から消える。ゆっくり目を開けて顔を上げると、斎藤は俺から顔を逸らして窓を見ていた。ちらっと横目がこちらを捉える。

「あ、田中くん。起きましたか」

「……ああ。悪いな、寝てて」

触れるか迷ったが、斎藤が隠していることはそういうことなのだろう。なら触れない方がいい。

そんなに撫でて楽しいか聞いてやりたいところだが、バイトの時にでも聞いてやるとしよう。俺が気付いていたことにびっくりして照れる姿が今から楽しみだ。

「斎藤はずっと起きていたのか？」

「一回だけ軽く眠気が来ましたけど、それ以外はぼんやり景色を眺めてましたね」

「あとどれくらいだ？」

「もうちょっとで着くみたいですよ」

眠気も取れてかなり寝ていたと思ったが、そんなに寝ていたとは。よほど斎藤の肩がよかったのか。欠伸をして目を擦っていると、斎藤が薄く頬を桃色に染めてこっちを見つめていた。

「どうした？」

「その、肩に寄りかかって寝ていましたけど、寝心地悪くありませんでした？」

「いや、むしろ、良く寝られたくらいだ。それより勝手に肩使って悪かったな」

「い、いえ。急に来てびっくりしただけなので大丈夫です」

どうやら眠る直前に聞こえた悲鳴は気のせいではなかったらしい。

「あー、なんか寝る直前にそんな声聞こえたな」

「聞いてたんですか⁉」

「まあ。なんか寝惚けてて斎藤の肩に寄りかかってみたかったし、びっくりするかなって思ってさ」

「急に来るから驚いちゃいましたよ。嫌ではないのでいいんですけど」

「またしてもいいのか？」

「は、はい。いいですよ？」

ほんのりと朱を滲ませながらもこくりと頷く斎藤。

「あ、でも私もしたいので、その時は田中くんの肩を借りてもいいですか？」

「もちろん、いいぞ。なんなら今するか？」

時間は短いかもしれないが、ひと眠りするくらいの時間はある。こっちだけ寄りかかるのは申し訳ないと思っていたところなので丁度いい提案だ。肩を見せるようにしてみると、斎藤はぶんぶんと髪を揺らしながら首を振った。

「い、いえ。そしたら、帰りの時にでもお願いします」

「？　分かった」

今すぐしたいのかと思ったが、そうではないらしい。少しだけ不思議に思いつつも頷いた。

そんな話し合いをしているうちに目的の駅に到着した。電車に乗っていた大多数の人たちがぞろぞろと降りていく。その流れに斎藤と自分もついていく。

駅に降りると、一気に喧騒が耳に届く。がやがやとした人混みが来ては遠くへと流れる。

「とりあえず、そのサイン会の場所に行ってみるか。場所を把握したら周辺を見て回ってみる感じだな」

「良いと思います」

はぐれないように斎藤の右手を握る。もはや馴染みつつある感覚を確かめて、改札へと向かう。

「凄い人ですね」

「はぐれるなよ」

「田中くんが手を握ってくれているから大丈夫ですよ」

「なら、いいけど。手を放した時が心配だな。斎藤なら人混みに紛れてどこかに流されそうだ」

「そんなことというなら田中くんの方が心配ですよ。ここにはたくさん本屋さんがありますからね。本に惹きつけられていつ我を忘れるか」

「否定は出来ない」

「そこは否定してください……」

そんなくだらない会話をしているうちに改札を抜け終えた。

「確かどこかのビルに本屋があるんだったよな」

「そうですね。隣のビルにあるみたいです。あれですね」

斎藤はスマホで地図を確認すると、ガラスが一面に張り付けられたビルを指し示した。

「きっとめちゃくちゃ大きい本屋だろうから楽しみだな。いっぱい本があるんだろうな」

「もう。今日のメインはサイン会ですからね」

「分かってるって。ついでだ」

「全然ついでの顔をしていませんでしたよ」

斎藤はわざとらしく大げさに顔を輝かせて天を仰ぐような姿勢を見せる。ぎらつくような視線だ。芸が細かい。

「こんな顔してました」

「よく真似出来るな」

「大体この顔をしているときはろくなことを考えていない時なので分かりやすいです」

もう慣れたもの、とでも言いたげに軽く地面に視線を下げて肩を落とす。え、俺っていつもそんな顔なの？

「田中くんが本が大好きなのは分かりますし、終わった後でしたらいっぱい見ていいので、くれぐれも我を忘れないようにしてください」

ビシッと人差し指を立てて注意されてしまった。口を結んで真剣な表情もとても可愛い。

「聞いてますか？」

「お、おう。聞いてる。聞いてる」

「絶対聞いてないじゃないですか。ダメですからね！」

つい可愛くて見惚れてしまった。どうにも最近は特に斎藤の行動の一つ一つが可愛くて仕方がない。ほら、今も俺の手を引っ張って一生懸命案内してくれる姿、なかなかに良き。迷うことなくぐんぐん進み、ビルの入り口に着くと、窓越しにも一階が本屋さんだと分かった。地元の本屋さんでもなかなかないほどの大きさである。中に入ると、シンと静まった空気の中で静かに人が歩く本屋独特の雰囲気が広がっていた。

(おお!)

行き慣れた本屋もいいが、やはり新しい本屋というのはテンションが上がる。既に何度も行ったことがあると、どこにどういう本があるのかが把握してあって新しい本との出会いがどうしても新刊に限られてくる。なのでまだ知らない本屋というのはワクワクが止まらん。入り口を進んですぐに立ち止まる。

「おぉ」

「どうしました?」

不思議そうに首を傾げる斎藤に理由を説明していく。

まず、この本屋の一階入り口には新刊の小説や漫画がずらっと表紙を見せて棚に飾ってあった。普通の本屋なら表紙を見せて棚に置くのは一部の人気の本だけなので、ここまで沢山の本がこの飾り方をされているのは珍しい。どうしてもこの飾り方だと、一つの棚における本の冊数が減ってしまうので贅沢な棚の使い方なのだ。

「なるほど、確かにあんまり見ませんね」

「だろ？　つまりここはブルジョア階級の本屋さんというわけだ」

「ブルジョアって……。変なことを言っていないで早く行きますよ」

すごく分かりやすい表現をしたと思ったのだが、斎藤はお気に召さなかったらしい。ぐいっと手を引かれて仕方なくまた歩き出す。だがすぐに注目の一冊が目に留まった。

「あ、待て。この作家の新作、もう出ていたのか」

「ほら、早く行きますよ。あとでいっぱい見ていいですから」

もはや斎藤は俺の話など聞かず、無理やり腕を引っ張っていく。引きずられるようにして、渋々斎藤の後を追う。進めば進むほどに俺を誘惑してくる本達が現れるわけだが、もはや立ち止まる機会すら貰えない。向かった奥には、イベントスペースらしき場所が存在していた。

席が五十席ほど並べられていて、前には長机と椅子、隣には進行係用のマイクが置いてある。既に席には十人ほど人が座っていた。イベントスペース周辺は紐で区切られていて、一か所だけ空いている。そこには紺色の制服に身を包んだスタッフが立っている。

「今回のイベントに参加される方ですか？　当選のメールの確認をさせていただきたいの

で、見せて頂いてもいいですか？」

斎藤がスマホの画面を見せると頷いて、席の場所を案内してくれた。前から二列目の中央である。

「まったく。田中くんがあれこれ止まろうとするからここまで歩いてくるだけなのに時間がかかったじゃないですか。もう十分前ですよ」

「いやだってな……」

「だってじゃありません。今日の私は厳しくいかせてもらいますから。田中くんに任せていたら一日中本屋だけで終わってしまいそうです」

ふんす、と気合を入れて見せる斎藤。よく分かっている。

「この本屋なら一日どころか一年は暮らせるな」

「最近、田中くんの残念さが酷くなっている気がします」

「酷いな。俺は真面目に発言しているだけだぞ？」

「だからなおさら悪いんです」

にぎにぎと俺の左手を握りながら、斎藤は軽く肩を落とす。膝に置かれた普段より少し大きめの鞄が僅かに崩れる。

「今日の鞄普段より大きいよな」

「そうでした。どの本にサインを頂くかまだ決められなかったので、候補を何冊か持ってきたんでした」

鞄を覗き込むようにして、ごそごそと何かを漁る斎藤。表紙の違う三冊の本を取り出した。

「どの本が良いと思います？」

「いや、俺に言われてもな」

斎藤の見せてきた本はどれも甲乙つけがたい。デビュー作に、代表作、最新作。俺でもどれにサインを貰うか悩む。

「やっぱり代表作の有名なこれですかね？」

「普通はそうだろうな。でも斎藤が好きなのってデビュー作のこっちだろ？」

「そうなんです……って田中くんにそのこと教えましたか？」

「いや、斎藤の読書アカウントに感想書いてあったから」

「なんで私のアカウント知っているんですか⁉」

「この前見せてくれただろ」

なにをそんなに驚くことがあるのか。見せてくれたのは斎藤なのだが。

「そうですけど、一瞬しか見せてないじゃないですか。良く見つけましたね」

「文字を覚えるのは得意だからな。本のおかげだな」

「また無駄な能力を……。変なこと書いてませんでした？」

「いや？　普通に読んでいて面白かったぞ」

自分は感想とかにわざわざ書いたりせず、自分の中にとどめておくタイプなので、人の感想を知ることが出来るのは面白かった。自分とは違う捉え方をしているところもあったり、あるいは自分の知らない本が紹介してあったりとなかなかためになるものだったと思う。

「まさか田中くんがＳＮＳを使うとは思いませんでした」

「斎藤が書いてるってなったらどんなことを書いているのか気になるだろ」

「ただ本のことについて呟いているだけですけど」

「そうだったな。あ、でも、猫の画像とかいくつかハートを送ってたよな」

「別にいいでしょう？」

「相変わらず猫がお好きなようで」

「猫さんは私の永遠の推しですからね。あの造形は可愛さの黄金比です」

「はいはい」

なにが黄金比なのか。訳が分からない。ただこれ以上話を進めると斎藤が止まらなくなりそうだ。まったく、こういうところが斎藤のちょっと残念な部分でもある。可愛いけど。

それから軽く話している間に準備は整ったようで、前にスタッフと人が立った。

「それではこれよりサイン会を開催いたしますので、拍手でお出迎えください」

アナウンスと同時に奥の扉から女性の方が歩いてくる。何度か頭を下げながら、前の長机のところに座った。

どうやらサインをしていく前に何分かトークイベントをするみたいだ。個人的な好みなどの質問から、作品に関する裏話まで。作家の人から直接話を聞く機会はこれまで一度もないので、凄く興味深い。隣では斎藤もきらきらと目を輝かせて食い入るように前を見つめていた。

いくつかトークが続いたあと、ようやくサイン会に入った。斎藤は緊張した面持ちで列に並んで、本にサインを頂いている。遠目から見ているだけなので、会話は聞こえないが熱く語っているのだけは分かる。ガチファン恐るべし。時間になり、スタッフに引き剥がされて、ようやく戻ってきた。

「見てください。サイン貰ってしまいました！」

目の前に掲げられた本の表紙裏には書き慣れたであろうサインがすらすらと書かれている。文字を猫に見立てて書いているので、斎藤と同じ猫好きなのかもしれない。

「あ、猫の形になっているの気付きました？　あの方も凄い猫好きなんですよ。よくSNSに飼い猫のアルちゃんを投稿してるんですよね。三毛猫で可愛いんですよ」

「なんか、気が合いそうだな」

「猫好きに悪い人はいませんからね。みんな仲間です」

「猫が好きな人ってみんなそんな感じなのか？」

「そんな感じというのは？」

まさかの自覚なし。きょとんとした瞳が物語っている。

「猫を崇めているというかさ」

「猫さんは神様ですから。そのぐらい尊い存在なので、崇めるのは当然です」

得意げに胸を張る斎藤。誇らしそうにしているが全く分からん。平常運転なようで何よりです。

「結構話し込んでたよな。なに話してたんだ？」

「初期の作品から最新作まで一通りの感想とか、応援してることとかを伝えてましたね。あ、私が応募欄に記入していた感想のことをご存じでした」

「まじか」

「今回のスタッフさんからかなり熱心な人が一人いらっしゃるという話を聞いていたみた

いで。感想も読んでもらえたみたいです」

まさに斎藤の作戦通りということか。憧れの作家なんて神様みたいなものなので、その人に認知してもらえるのがどれだけ嬉しいかは想像に難くない。

「俺でも斎藤がガチファンなのは分かるから、スタッフさんは相当だろうな」

「あんなに沢山感想を一気に送ってきた人は初めてと言われました」

「だろうな。そんな奴がそうそういてたまるか」

斎藤みたいなやつがいっぱいいたら作家も気が気でないだろう。ある意味一番の審査員みたいなものだし。

「ファンと名乗るからにはこのぐらいはしないと名乗れませんよ」

「そんなこと言ってたら大多数の人間はなんのファンにもなれないだろうが」

「皆さんまだまだ熱が足りませんね」

ふんす、と憤ってみせる斎藤。人に求めるハードルが高すぎる。

「斎藤レベルだと俺でも無理そうだな」

「え、本に対しては田中くんは私以上だと思いますけど」

「え？」

「え？」

なにを言い出すのかと斎藤を見れば、斎藤も目を大きくしてこっちを見た。斎藤から見ると俺も同じレベルということか。あまり認めたくない。

「とりあえず、終わったなら本見に行にこうぜ」

「このあとは花見の祭りがあることを忘れちゃダメですよ」

「分かってるって。一時間だけ。いいだろ？」

「もう、仕方ありませんね。一時間だけですよ」

ちょっと頼み込んでみると、斎藤は呆れながらも頷いてくれた。最近、気付いたことだが、拝むようにしてお願いをすると斎藤は頷いてくれることが多い。甘やかされてこれ以上ダメ人間になってしまいそうだ。ただでさえ生活力は人並み以下なのでこれ以上の低下は避けたいところ。気をつけないと。

一時間後に入口のレジ前のところで合流する約束をして斎藤と別れる。早速エスカレーター横にあるフロアマップを見に行く。

「おぉ」

ビルのワンフロア全体が本屋になっているらしく、小説のエリアも膨大だ。これは期待出来る。案内図を覚えて、目的の棚まで向かうことにした。

こういう配置というのはどこの本屋さんも大体決まっているので、半分勘でも余裕だ。

長年の実績の成果とも言える。これは俺の特技かもしれない。斎藤に自慢してみるか。

小説の棚につくと、巨大な棚が壁までずらっと並んでいた。しかも三列。ぷらぷら見て歩くだけでも幸せだ。なんとなく目についた本を手に取って軽く読むことにした。

「……かくん。田中くん」

ゆさゆさと身体を揺らされて本から意識を取り戻す。隣を見ると、斎藤が眉を軽く吊り上げてじっと見つめていた。

「もう時間ですよ」

「なに?!」

左手の時計を見ると、約束の時間を三分ほど過ぎている。

「悪い。話が面白くて夢中になってた」

「だと思いました。夢中になれるくらい良い本が見つかったなら良かったです。その本は買いますか?」

「もちろん。ちょっと待っててくれ」

急いでレジで会計を済ませて、外へと出た。昼を過ぎたせいか、朝来た時よりも人が増えている気がする。行き交う人たちから何人か隣にいる斎藤をちらっと見る視線が飛ぶ。

斎藤がその視線を気にした様子はない。慣れたものなのだろう。

「ちょうどこっちで桜祭りがあるみたいでいいタイミングでしたね」

「だな。調べてみたらすぐに出てきたから、結構有名なのかもな」

「とても有名ですよ。私も前から知っていたくらいですし」

「まじか」

「映えスポットとして若い人達がいっぱい来るんだとか。夜はライトアップもしているみたいです」

そう言って見せてくれた写真は鮮やかなピンク色の桜が彩られて、確かに有名なのも頷ける。

「確かに綺麗だな」

「……田中くんにも景色を味わう感性があったんですね」

「俺をなんだと思ってるんだ」

「本以外の感性は完全に死んでるものだと思ってました」

「そんなことないぞ。この写真だって、うん、ピンク色でいいと思うし」

「もう少し感想の伝え方を勉強した方がいいと思います」

半目の斎藤の視線が俺に突き刺さる。

「なんでだよ。的確にとらえてるだろ」

「見たことをそのまま言いすぎです。あれだけ本を読んでいるのに、なんで感想を伝えるのはこんなに下手なんでしょう。不思議です」

頬に手を当てて首を傾げる斎藤。そんなしみじみと言うんじゃない。

「本についてならいくらでも魅力的に語れるんだけどな」

「結局、やる気がないだけっていうことですね。田中くんらしいです」

もう少し呆れられるのかと思ったが予想以上に、寛容で受け入れられてしまった。これはこれで変な感じだ。

桜祭りの場所はここから三駅のところの公園で開かれているらしいので、そこまで一緒に移動する。駅を降りると既に周辺は恐らく祭りに向かうのであろう人たちがぞろぞろと駅の出口へと列を成していた。想像以上の賑わいである。今年だけでなく毎年の光景ということだから、みんなどんだけ桜が好きなんだ。

「桜をわざわざ見るなんていつぶりだろうな。久しく来てない」

「私はちょくちょく来てましたね。地元の河川敷のところなんですけど」

「ああ。俺も小さいころ親に連れられて行ったわ。もしかしたらそれ以来かも」

「予想通りといえばその通りですけど、そこまで興味ないのにどうしてお花見に誘ってくれたんですか？」

「いや、それは……」

改めて聞かれると答えにくい。誘うのなんて理由は一択しかない。

「春休みでせっかくだし、どこか斎藤と出掛けたいと思ってな。ちょうど誘いやすかったんだよ」

「なるほど、そうだったんですね」

俺の答えに満足したのか、斎藤は小さな笑みを浮かべる。

「いつでも誘ってくれていいんですよ？　田中くんとお出かけするのはそれだけで楽しいですから？」

「なら、いいんだけど」

「今日だって楽しいですよ」

「そりゃあ、良かった。本屋での待ち合わせを忘れてたのは、もうちょっと怒っているかと思ってた」

「もうそれは予定調和ですので。本が関わると田中くんがだめだめになることは知り合ってからしっかり学びました」

「そんなに頻繁には起こしていないと思うんだけどな」

数は数えられないが、斎藤の前であればせいぜい一桁に収まるくらいのはず。そう思っていたのだが。

「少なくとも十回以上は私の前で本の魅力で暴走してます」

おっと、両手だけでは収まらなかった。言われてみると、確かに斎藤の前だと暴れまくっているかもしれない。

「そんなにか。まあ、信頼の証ということだな」

「そんな証は結構です。返却します」

ぶんぶんと首を振って断られてしまった。そこまであからさまに拒否しなくてもいいのに。

公園に着くと、多くの人たちが歩道を行き交っていた。自分たちと同じカップルが手を繋いで前を通り過ぎていく。入り口にはいくつかの出店が広がっていた。

「なにか食べていくか。お昼も食べていないし」

「そういえばそうですね。完全に忘れていました。どれにしましょう？」

「俺は焼きそばだな。夏祭りの時は良く買ってるし」

「田中くんが夏祭り⁉」

目を真ん丸くする斎藤。驚くのは無理ないが、失礼すぎる。

「俺だって夏祭りくらいは行くぞ」

「田中くんと夏祭りなんてこの世で最も遠い存在の二つじゃないですか」

「いやもっと他にあるだろ。なんでそこに夏祭りが入ってくるんだ」

「あの友達がいない田中くんですよ。行く理由がないじゃないですか」

会話に含(ふく)まれる棘(とげ)が胸に突き刺さる。まあ、いいんだけど。

「一応いるよ。中学の時も行ったし、去年だって和樹に誘われて行ってる」

「意外とやりますね。断固として断るタイプだと思ってました。絶対本優先じゃないですか」

「当然だ。本に勝るものはない」

「その誇らしげな言い方はおいておくとして、それならなぜ？」

そんなに意外か。よほど不思議なようで斎藤の食いつきが凄い。

「夏祭りって大体夏休みにあるだろ？」

「七月にあるものもありますけど、八月のものもありますね」

「夏休みってことは基本的に本を読んでいて、家にずっといるんだが家族はそんな俺の姿を見ているわけだ」

ふむふむ、と何度も頷(うなず)く斎藤。

「で、見かねた母親がたまには外に行けと言ってくるからそれで仕方なくってわけだ」

「お母様の気遣いのおかげだったということですか」

「そうそう。だから今は家にいなくて心置きなく本を読めて最高よ」

「だめですよ。たまにはちゃんと外に出ないと。お母様がいらっしゃらない間は私がきちんと連れ出しますから」

「勘弁してくれ」

ようやく解放されて伸び伸び読めるようになったというのに。これでは、以前と同じで、元に戻ってしまう。頼む、と斎藤を拝んでみたが、あえなく首を横に振られてしまった。

「ダメです。いつも徹夜ばかりで寝食をすぐに忘れるんですから、強制的にお出かけしないと、日焼けもまったくしない不健康児になってしまいます」

「色白でいいじゃないか。最近は美白男子？　というのが良いんだろ？」

「……確かに、日焼けした田中くんはもう別なにかな気もします」

顎を摘まんで一瞬考え込んだが、すぐに首を振り直した。

「い、いえ、ダメなものはダメです。この際ですから、しっかり月に一、二回はお出かけをしましょう」

「分かった」

気付けば、なぜかデートをする約束になっている。いや、斎藤と出掛けるのは楽しいからいいんだけど。流れるように決めるなんてちゃっかりしている。これで変な契約話をされたら、一瞬で契約してしまいそうだぜ。

　変な話をしている間に俺の焼きそばと、斎藤のお好み焼きを受け取り終えて、桜が良く見えるベンチに来た。運よく、前に座っていた人が立つタイミングで、いいポジションで桜を見ることが出来る。

　桜はまだ五分咲きらしいが、それでもかなり多くの花を枝につけていて、桃色を空に浮かべている。ずらっと歩道沿いに立ち並ぶ桜を見ながら、太ももに置いた焼きそばのパックを開ける。

「良い匂いです。私もお腹が空いてきました」

　隣に座った斎藤も同じようにお好み焼きの容器を開けている。それを横目にさっそくソースの絡んだ麺を一口。空腹にガツンとソースの濃い味が広がる。

「うまっ」

　その場で焼いてくれたのでまだ熱々だ。一口食べるたびに熱と旨味が絡んで口を満たしてくれる。

「そんなに美味しいんですか？」

「ああ。一口食べるか？」

「ぜひ」

斎藤が食べていたお好み焼きと交換して焼きそばを渡す。斎藤が割り箸を持って食べようとしたところであることに気付いた。

「あ……」

「どうしました？」

「いや」

「気になるじゃないですか。教えてください」

「……間接キスになるなってちょっと思っただけだ」

気にしなければいいだけの話だが、指摘すると、ほんのりと斎藤の頬が桜色に染まる。

焼きそばを摘まんだまま、ぴたりと手が止まった。

「ま、まあ。私は気にしませんし、全然平気ですよ」

「なら、いいんだ」

「それに……」

「ん？」

小さく何かを言いかけたので先を促すと、ぽつりと言葉を零して続けてくれる。

「私たちも付き合ったわけですし、間接キスくらいはしてもいいんじゃないでしょうか」

「そ、そうだな」

妙に(みょう)むず痒く(がゆ)て顔を逸らし(そ)ながら頷くと、斎藤はおずおずと焼きそばを口に入れた。

「ど、どうだ？」

「え、ええ。とても美味しいと思います……多分」

最後に付け足された言葉はあまりに小さい。斎藤は俺の太ももの上にのったお好み焼きを取り返すと、焼きそばを戻した。

ほんの僅かだけ居心地(いごこち)の悪さを感じながら遅め(おそ)のお昼ご飯を食べ終える。しばらく桜を眺めて(なが)いたが、明日は学校なのであまり夜が遅くなれないことを考えると、そろそろ帰る時間だ。

「そろそろ駅に戻るか」

「そうですね。帰りの電車に乗るにはもう出ないとだめですもんね」

名残惜しい(なごりお)ような気がして、腰(こし)が重い。なかなかベンチから立ち上がることが出来ない。

「花見、案外楽しかったな。斎藤とならこういうのもありだな」

「それなら良かったです。私も楽しめました」

なんでもない会話さえ、もう少ししていたい気がする。だが、流石(さすが)にいつまでもというわけにもいかない。立ち上がる直前、呼ぶか迷ったが呼ぶなら今しかない。そう思って立ち上がった。

「玲奈。今日は連れてきてくれてありがとな」

「いえいえ、こちらこそ……って、え？」

「ほら行くぞ」

「え、ちょ、ちょっと田中くん⁉」

無理やり斎藤の手を引いて立ち上がらせた。

斎藤ｓｉｄｅ

（え、今田中くん、私の名前、呼び捨てしましたよね⁉）

自分の腕をぐいっと引く田中くんの手を見つめながら、彼の後をついていく。人混みの中を抜けていくので、今は田中くんの背中しか見えない。

一体彼が何を考えているのか。急に名前を呼んでくるなんて想定外。あまりに突然すぎ。ばくばくと煩く鳴る自分の心臓を感じながら、ひたすら連れられるのに身を任せ、駅まで辿り着いた。ホームで電車が来るのを待っている間もひたすら沈黙が続く。

「……田中くん。さっきのことですけど、私の名前呼んでくれましたよね？」

口に出してからちょっぴり恥ずかしくなる。私は彼に何を聞いているのか。ちらっと田中くんの顔を見ると少し難しそうな顔をしている。ああ、聞かなければよかった。私自身、こんな質問をして何がしたいのか分かっていないのに、質問されて迷惑に違いない。だんだん怖くなってきて、質問を撤回しようか迷い始めたとき、田中くんは口を開いた。

「せっかく付き合ったわけだし、下の名前で呼ぼうと思ってな」

「そ、そうでしたか」

急に呼び方を変えるからびっくりしたけれど、田中くんがそう思ってくれていたのはとても嬉しい。私もやっと付き合えたのに、以前とあんまり変わらなくて少し不安になっていたところだったので、なにか変えたいと思っていたのだ。

「私もこれから下の名前で呼んでもいいですか？」

「もちろん」

「分かりました。み、湊くん」

うん、全然慣れない。それになぜか名前を呼んだだけなのに、こっちがドキドキしてしまった。好きな人の名前を呼ぶなんてやっぱり緊張する。口が馴染んでいないし、すぐには違和感は消えなそう。でも、下の名前で呼ぶのは、凄く仲が良い存在みたいで、やっぱり嬉しい。湊くん。湊くん。何度も心の中で反芻する。

「どうしてこのタイミングだったんですか？」

正直、呼び方が変わるとしたら付き合った直後だったと思う。ただあの時は付き合った後どう向き合えばいいかで精いっぱいで、そんなことを考えている余裕がなかった。結局、すぐにいつものような関係に戻れたけれど、呼び方を変えるタイミングは完全に逃してしまった。

「全然気付いていなかったんだが、偶々まだ下の名前で呼んでいないことに気付いてな。そこから呼び方を変えようとは思っていたんだが、タイミング的にここしかないと思って呼んだんだ」

「そうでしたか。急に呼ぶからびっくりしましたよ」

まったく。事前に言ってほしい。もちろんそんなことは無理なのは分かっているけれど、心構えをする時間くらいは貰わないと。おかげで呼ばれたとき変な反応をしてしまった。湊くんはなにかと不意打ちをしてくるからほんと困る。私の身にもなって欲しい。

ヒュウゥンと電車がホームに入ってきた。電車に乗っていたお客さんがたくさん降りるのを見届けて列車に乗り込む。今回も、行きと同じように二人席に座ることが出来た。すぐに電車は動き出し、車内は規則的に揺れ始める。

「なぁ、玲奈」

「は、はい！」

だから急に呼ばないで。また噛んでしまった。こんなのそうそう慣れるものじゃない。ほんと心臓に悪すぎる。心の中で恨めしく思いながら、なんとか弾んだ心臓を落ち着かせる。

「帰り、肩で寝るか？」

湊くんはくっと軽く肩を上げて見せる。そこに寄りかかるか？　という意味だろう。湊くんの顔をまじまじと見つめてみるけれど、その表情に動揺は見られない。

（なんでそんなに平気そうなんですか）

名前を呼ばれるだけでもいっぱいいっぱいだというのに、肩に寄りかかって寝るなんて私のキャパオーバーである。いえ、もちろん、寝ますけど。何度か湊くんの顔と肩を視線で往復させてしまう。

「ん？」

湊くんが不思議そうに首を傾げて見せる。確かに、このままずっと反応しないというわけにもいかない。既に私の中で答えは決まっているのだから、あとは返事をするだけ。熱が顔にこみ上げるのを感じながら、私は小さく縦に首を振る。すると湊くんは乗せやすいように肩を空けてくれた。おずおずと自分の頭を肩に乗せる。

（わ、わぁ）

服越しに伝わってくる少しゴツゴツとした感触。温かい体温。呼吸の度に揺れる繊細な動き。普段隣で話しているだけでは感じることのない感覚が一気に触れた箇所から伝わってきた。これは眠るどころの話じゃない。動かないだけで精いっぱい。頭の中は真っ白になっているのが自分でもわかる。

（ど、どうしましょう。ここから何をすれば……！）

いざ寄りかかってみたものの気が気でない。寄りかかったまま、湊くんを見る。

「み、湊くん。重くないですか？」

「いや？　気にせず眠ってくれ。俺は昼に本屋で手に入れた新しい本があるからな」

そう言って、持っていた袋から文庫本を取り出し、読み始めた。こっちばかりが意識しているみたいで少し悔しい。ぐりぐりと頭を湊くんの肩に押し付けてみる。

「ん？　どうした？」

「いえ、なんでもないです」

何度か頭を移動させたあと、ようやくフィットする位置を見つけた。すっぽり収まり、丁度いい感じ。なるほど、確かに湊くんが行きで爆睡をしていた理由が分かります。

しっかりいい位置に収まると、頭が安定して動かないし、とても楽に寄りかかれる。さらに、湊くんの体温が良い感じで安心感が凄い。これは枕にしたいくらい。ふと行きでのことを思い出した。

（湊くんが無防備に寝ているので、結構大胆なことをしてしまいましたね）

最初こそ放置してゆっくり寝かせていたのだけれど、だんだんと触りたくなってしまい、何度も髪の毛を触ってしまった。前にも何度か触らせてもらっているけれど、全然飽きない。むしろさらに魅力に取りつかれているまである。さらさらとこしのある髪の毛が指の間を抜けていく感覚は、何回繰り返しても心地いい。ずっと触らせてもらう機会を窺っていたけれど、ここで触れたのは良かった。撫でているときの感覚を思い出して、ちょっとだけにやけてしまった。

（撫でるのは良いとしても、流石に匂いを嗅ぐのはやりすぎた気がします）

前々から湊くんの匂いは好きだった。ただ今回、撫でても全く起きる気配がなかったのでついエスカレートしてしまい、とうとう匂いまで思いっきり嗅いでしまった。なんであんな大胆なことをしてしまったんでしょう……！

思い出しても恥ずかしい。こんなこと勝手にしていたとばれたら恥ずかし過ぎて死ねる。まあ、湊くんが起きる気配はまったくなかったですし、ばれていないでしょうけど。

（とにかく、玲奈って呼んでもらえるようにもなりましたし、幸せな一日でした）

そう思いながらゆっくり眠りに落ちていった。

「ふぁあ」

朝の日差しを浴びながら欠伸(あくび)を零す。昨日は斎藤(さいとう)と遠出から帰った後、速攻(そっこう)で寝てしまったが、まだ眠り足りない。あと二時間は欲しい所。

だが、残念なことに今日は新学期なので、行かないわけにはいかない。何よりクラス替(が)えの発表でもあるので、流石の自分でも多少は気になる。

学校に着くと入り口横の掲示板(けいじばん)に人だかりが出来ていた。かなりの混雑具合である。流石にあの集団の中に入っていく勇気はない。

もう少し空くまで待つかと、後方で待っていると、見慣れた顔がこっちに寄ってきた。

「あ、湊(みなと)。おはよ。もうクラス見た？」

「いや、まだ。あそこの人が減るのを待ってるところだ」

「そっかー、まだなんだ」

何やら言いたげな表情。隠(かく)しているつもりなのかもしれないが、によによといやらしい笑みが漏れ出ている。

「なんだよ。その反応は見たんだな」

「もちろん。今日は気合を入れて四時起きだからね」

ピースを作って見せてくる。小学生かよ。

「早すぎだろ」

「やっぱり新学期てのもあるし、早起きは大事だからね」

「はいはい。分かった。それで見たんなら俺はクラスどこだったんだ？」

「僕と同じBクラスだよ」

「またお前と一緒なのか……」

知り合いが同じクラスなのは良いことなのだが、こいつと一緒というのは先が思いやられる。ろくな未来が見えない。きっとこれが和樹がにやけていた理由だろう。

「クラスも分かったことだし、もう行こうよ」

「ん？　そうだな。見なくてもいいか」

他に誰が同じクラスなのかは少し気になるが、どうせ教室で待っていれば分かることではある。遅いか早いかの違いでしかない。和樹に背中を押されて下駄箱に向かった。

「確かBクラスってここの三階だったよな？」

「そうそう。もう何人かは来てるよ」

「へー、俺が知ってるやつはいたか？」

「さあ？　それは自分で確かめてみたら？」

なにか和樹の言い方が気になったが、それ以上追及する前に教室に着いた。閉じられていた扉を開ける。扉の音に気付いた何人かが座りながらこっちを見ていた。

（まだ、あんまり人いないな……って、え!?）

教室を見回していると、一人の女の子と目が合った。部屋では見慣れた制服姿であるが、学校で見るのはたまにしかない。宝石のような澄んだ瞳。モデル顔負けのスタイル。艶やかな黒髪。俺の彼女、斎藤である。

思わず引っ込んで廊下で和樹に詰め寄る。

「おい、どういうことだよ」

「どういうことってなにが？」

「惚けるな。斎藤が一緒のクラスって聞いてないぞ」

「言ってないからね。あー、いいもの見られた。湊のびっくりした顔、最高だったよ」

「わざと隠してやがったな」

「もちろん」

愉快そうに笑い転げる和樹が恨めしいが、今はそれどころではない。

あの斎藤と一緒なのだ。付き合っているなんてばれたら大変なことになる。昨日、下の名前で呼ぶことになったがうっかり教室で呼ばないように気を付けないと。他にも気を付けなければいけないことはいっぱいある。

(……まあ、同じ教室だからってそうそう関わるものでもないか)

自分自身、あまり異性と頻繁に関わるような友人関係を構築していないので、斎藤とも事務的な会話はあるだろうが、それ以外はないだろう。

現に、二年生の時は、クラスの女子とは必要な会話以外はした覚えがない。

斎藤が教室にいたときはびっくりしたが、冷静になってみれば案外問題はないように思えてくる。一度深く息を吐いて、教室に入った。

教室内の前方の黒板には一枚の紙が貼ってある。近づいてみると、座席順が書いてあった。自分の名前も載っている。

(前から五番目なら、まあまあ……って、おい)

心配していたそばからこれである。俺の名前の隣には斎藤玲奈の文字が。机の方を見ると、斎藤と目が合い、斎藤は僅かに微笑んだ。

いつまでも黒板前で立っているわけにもいかないので、ゆっくり自分の席に歩みを進める。一歩、また一歩と足を進めるたびに斎藤との距離が近づいてきて、変な緊張が胸を締め付ける。ただ結局席に座っても、斎藤は何も反応を示さなかった。

周りに同じ学校の人がいる中で斎藤と隣に並んでいるのは変な感じだ。斎藤は他人のフリをしているので、こっちを見ることはない。俺も意識して見ないように授業の準備を進める。

時間も過ぎ、みんなが教室に集まると、先生が来て朝のホームルームが始まった。新学期の初日なので座学は全くない。大学受験の話や、今日行う委員長決めなどの事務的な話がひたすら続く。

こっそり隣を盗み見ると、斎藤は背筋をピンと伸ばして、ノートにペンをさらさらと走らせていた。伏し目がちな横顔で、長い睫毛がよく映る。昨日のぽんこつな斎藤とはえらい違いだ。凛としていて近寄りがたい雰囲気まである。出会った頃の斎藤はこんな感じだったので少し懐かしくなった。

昼休み、男子で集団で集まっている中、和樹が隣で顔を寄せてくる。周りに聞こえないように耳打ちだ。

「後ろから見てたけど、なんで話さないのさ。二人がいちゃつくところを見たかったのに」

「んなことするか。大体そんなこと教室でしたらどうなるか分かってるだろ」

「まあ、噂にはなるよね。よかったじゃん、すぐに有名人デビューできるよ」

「そんなデビューの仕方はしたくない」

「ちぇ、ダメかー」

セリフと違って全然残念そうじゃない。おそらく、いつものからかいだろう。

「でも、もう少しくらいは会話したら？　あんまり変に意識してギクシャクしちゃったら本末転倒だしさ」

「加減が分からん。というか、話したら普通にいつものノリになりそうだ」

「湊そういうの苦手そうだもんね」

「うるせ。俺は常に自分に正直に生きているんだ」

「えー、でも僕のことこんなに大好きなのに、いつも酷く雑に扱ってくるじゃん。男のツンデレは需要ないよ？」

「全部本音だよ」

まぎれもなく純度百パーセントの気持ちで間違いない。しっかり言い伝えてみたが和樹は「またまたー」と手をひらひらさせて笑っていて通じなかった。無敵かよ。呆れてものも言えない。

「斎藤さん、まじで可愛くね？」

ふと隣で会話していた男子たちの会話が耳に届いた。

「それね。遠めに見かけたことは何度かあるけど、近くで見ると猶更オーラがやばいわ」

「確か、田中、隣だよな？」

話題を振られて、頷き返事をする。

「隣とか羨ましいわー。絶対見放題じゃん」

「見てないから分からないが、多分ばれたら睨まれると思うぞ？」

「あー　それはあるな。そうするとやっぱり遠慮なく見られる後ろの席の方がいいか」

その後も斎藤の話題が続いていく。何が好きなのかや、似合う服装、髪型など。斎藤が好きな動物が猫とバレていたのは、思わず笑いそうになった。

なんでも最近、斎藤の文房具のグッズで猫柄のものが増えていることが噂の発端らしい。噂にまで猫好きを言われるのは、相当だろう。

そっと斎藤を見ると斎藤はクラスの友達と机を囲んで談笑していた。机の上には弁当箱が置かれている。遠めだが明らかに猫型の弁当箱だ。うん、そりゃあバレるわ。だだ漏れすぎる斎藤の猫好きに、呆れて笑うしかなかった。

「まさか同じクラスになるとは思ってなかった」

新学期初日の放課後。ようやく人目を気にせずに話せる斎藤の家に来られた。

「私もです。掲示板を見たときはびっくりしました。教室の扉を開けたときかなり驚いていましたが、もしかして入るまで知らなかったんですか？」

「そうだな。掲示板が混雑してて見られなかったんだ。和樹が偶々居合わせて俺のクラスを教えてくれたから、気にせず教室に入ったら玲奈がいて一瞬自分の目を疑った」

「あの時は凄い表情をしていましたね。見ていたクラスの女子の方も、話題にしていましたよ」

「勘弁してくれ。あれは和樹にはめられたんだ」

まさか、そんな話が上がっているとは思わなかった。これも全部和樹のせいだ。普通に教えてくれればいいのに、自分が楽しむためにわざと隠しやがって。ほんといい性格をしてる。

「教室では今日のような感じでいけばいいんですよね？」

「だな。隣だし少しは話してもいい気がするけど、下手に話すとボロが出そうだしな」

「分かります。名前とか普通に呼んでしまいそうです」

教室で挨拶がてら軽く話していた時にぽろっと出てしまうのが容易に想像出来る。それを他のクラスメイトに聞かれたらもう終わりだ。

「教室での玲奈を見て、出会った頃を思い出したわ」

「そんなに違います？」

「しっかりとした雰囲気があって優等生って感じだな。本当はただの猫好きなのに」

「教室では気を張っていますからね。どうしても近寄りがたい雰囲気が出るんだと思います。まあ、実際わざと出しているところもありますが」

「男が寄ってこないようにだろ？」

「きちんと分別をわきまえて下さる方だけでしたらまだいいんですけど、世の中色んな人がいますからね。近づかれない方が対処が楽です」

はぁと大きくため息を吐く姿から、これまでの苦い経験というやつが垣間見えた。これがずっと苦労してきた故の処世術というやつだろう。

「俺が追い払われなくて良かったよ」

「最初は一度遠ざけたんですけどね。本好きというもので気を許しちゃったのが始まりですね」

「図書館で声を掛けられたときはめちゃくちゃビビった」

「私だって緊張しました」

「その割には一発目から饒舌に本の魅力を語ってたけどな」

「それは忘れてください」

ちょっとからかってみたら鋭く睨まれた。思わず肩を竦める。これ以上追及したら何をされるのか。怖くて無理。

「今思うと懐かしいですね」

「まだ半年前だけどな」

「え、まだそれしか経ってないんですか？」

スマホで日付を数えはじめ、頷いて手を止める。

「確かにまだ半年ですね。それで今付き合っているなんて信じられません」

「俺だって信じられん」

本しか愛していない俺が誰かを好きになるとか。まして付き合って彼女がいるとか。それもとびっきりの美少女とか。半年前の俺が聞いても鼻で笑って一蹴して終わりに違いない。

「湊くんに付き合っている人がいるという事実が客観的に見ても意外過ぎますからね。学校の七不思議になってもおかしくないです」

随分個人的な七不思議である。

「その場合一つ増えてるんだから八不思議になっちゃうだろうが」

「一つはクビということで」

スッパリ言い放つとは、なんて潔い。ただクビという概念が七不思議にあるかは甚だ疑問であるが。斎藤は、とにかく、と言わんばかりに人差し指を立てた。

「湊くん、教室ではしっかり気を付けるんですよ」

「任せろ。ちゃんと学校と家で立場を分けて考えればいいんだろ？」

「そうです。『うぇーい、玲奈』とかやってはダメですからね？」

「それは部屋でも一度もしたことないだろうが。完全に別人じゃん」

斎藤の中での俺の扱いがどうなっているのか。そろそろ一度ちゃんと聞いておきたい。だんだん心配になってきた。

「考えすぎたが故の暴走としてあり得ると思いまして」

「もはや逆走してるよ。俺がそんなパリピにはならない」

「少しだけパリピな湊くんも見てみたい気がしますけど」

「うぇ⁉」

どうした、斎藤。そういうチャラチャラした奴とか一番嫌いなタイプなはず。

「ほら、怖い物見たさと言いますか。一回くらいなら見てみたいかなって。動画にも収めてみたいですし。やってくれてもいいんですよ？」

ちらちらと上目遣いにこちらを見つめてくる斎藤。そんな目を輝かせないでください。

「絶対やらない。それ完全に玲奈が玩具にするつもりだろ」

「いえいえ。そんなことないです」

「だったら、なんで動画とか撮るんだよ」

「それは……ほら、記録用的な？」

何が記録用だというのか。脅迫材料になりかねん。というか過去にそんなものがあったとしたら黒歴史一択である。絶対封印しているレベル。それをわざわざこれから残すなんて愚行をするはずがない。

大きく首を横に振れば、しょんぼりと斎藤は肩を落とす。どんだけ見たかったんだ。

「他には俺がやりかねないこととかあるか？」

「変に意識して隣の席なのに全く話さないというのもあれですし、少しは話すことも意識してください」

「難しいけど分かった」

「あとは、あまり何度もこっちを見ないとか」

「おう」

「慣れた雰囲気を出さないとか」

「おう」

「部屋で借りたものを教室で渡さないとか」

「おう」

「本に釣られて不審者についていかないとか」

「おう？」

「新刊をプレゼントすると言われて変な契約もしちゃダメですよ」

「いや、ちょっと待て」

思わずストップをかける。前半は尤もだったが後半は明らかにおかしい。斎藤はきょとんと首を傾げている。

「なんでしょう？」

「なんでしょうじゃないだろ。後半明らかに教室での行動と関係ないだろうが」

「ついでに日頃のことも注意しておこうかと」

「小学生じゃないんだから、知らない人についていくかよ」

「それはどうでしょう。ブックトラップなら湊くんはいちころな気がします」

「ブックトラップ？」

「ハニートラップならぬ、ブックトラップです。私が考えました」

「汎用性が低そうだな」

「そう思うなら少しは改善してください」

「それは無理」

「そこだけ強気にならないでください」

斎藤はため息を吐いているが、無理なものは無理である。俺から本を取ったらカスしか残らないのだから、斎藤には諦めてもらわないと。とにかく教室で気を抜かないよう改めて気を引き締め直した。

柊side

店長さんからお昼休憩を貰ったので休憩室でお昼ご飯を食べる。ご飯は昨日の夕ご飯の残り物を詰めただけの簡単なお弁当だけ。

(うん、なかなか上手く出来た)

昨日は煮物を作ってみたのだけど、時間が経って味が染みているので昨日以上に美味しい気がする。じゃがいもが崩れるような柔らかさでなおさらいい感じ。

「柊先輩、お疲れです!」

休憩室に舞ちゃんが入ってきた。今日は後ろで小さく髪を結んで黄色のリボンを付けている。

「舞ちゃん、お疲れ様です」

「せっかく学校一緒になったのに三年生の教室が遠くて全然会えなくて残念です」

「一年生は新校舎の一階ですからね」

　実は舞ちゃんも今年から私と同じ学校に通い始めた。私と同じ制服を着た舞ちゃんは高校生って感じがしてちょっと変な感じだ。

「柊先輩って、学校では斎藤なんですよね？　クラスの人たちの間で話題になってましたよ。美人な先輩がいるって。私誇らしいです」

「去年も同じようなことがありましたね」

「でも、柊先輩がお付き合いしてるって話はなかったですよ。隠してるんですか？」

「バレたら色々噂されるのは分かってますから」

　別に放っておいてくれるなら隠す必要もないと思うけれど、やっぱり周りが色々言ってくるのは間違いない。それは嫌だし、湊くんにも迷惑だろう。元々静かな方が好きな人であるし。

「柊先輩が付き合っている人、会いたかったんですけどねー。同じ学校ですか？」

「そうですけど……」

これは舞ちゃんに話した方がいいかもしれない。同じ学校にいれば湊くんに遭遇することもあるわけで色々ややこしくなる可能性がある。それなら先に説明しておいた方が後から問題も避けられそう。

「実は私の付き合っている人は田中さんなんです」

「え、そうなんですか⁉」

目を見開いて驚く舞ちゃん。思いっきり食い付いてくる。

「確かに田中先輩の通っている学校を聞いたことがないので、その可能性はありますね……あれ？　でも、そしたら田中先輩は柊先輩に直接本人のことを相談していたことになりませんか？」

「良く気付きましたね。実は田中さん、私が学校の時と別人だと思っているみたいなんです」

「なんですか、それ」

「ほら、一応今と学校でかなり格好を変えているじゃないですか。だから別人だと思っているみたいです」

「そんなことになっていたなんて。もっと早く教えてくださいよ。だから柊先輩、田中先輩にあれこれ聞いていたんですね」

「まあ、一番本音を知ることが出来る機会ですから」

湊くんが私についてどう考えているか、家でだと全然分からないので、良い機会にさせてもらった。

「田中先輩もアホですね。こんな可愛い彼女を勘違(かんちが)いしているなんて。私ならすぐに分かりますよ」

「田中さんは人に全く興味がない人ですから。いつも本のことばっかりなんです」

湊くんが本が大好きなことは出会った頃から知っていたことだけど、想像以上の熱中ぶりで最近はドン引きばっかりだ。せめてもう少しは落ち着いて欲しいところ。

「あー、趣味(しゅみ)にしか興味がない人っていますもんね。なら仕方ないかもしれないですね」

「はい、もうそれは諦めてます」

はぁっと思いっきりため息が出てしまう。

「ふふふ。田中先輩、知らないうちに本人に相談していたなんて面白(おもしろ)すぎますね。からかいたくなっちゃいます」

「ダメですよ。そんなことしたらバレちゃうじゃないですか」

「まだ正体を教えてあげないんですか?」

「正直、言う機会を逃してしまって言えないんですよね。今更過ぎますし」

「時間が経つと言いにくくなりますよね」

「はい。ただこれでも付き合ってからは特にバレるくらい分かりやすく話題を振ってみたりしているんです。まあ、今のところまったく気付いた様子はないですが」

バレンタインの時から始まり、学校の時の話をするなど色々私の彼氏が湊くんであることを指していると分かるようにしているのだけれど、正直効果は全くない。

ここまでばれないと、自分から正体を明かすのが悔しくなってくる。意地でも湊くんが気付くまで続けたい。

「舞ちゃんも学校で田中さんに会ったときは、私のこと話さないでくださいね」

「そうですね。分かりました。こっそり聞いて楽しむことにします。鈍感に相談し続ける田中先輩の姿が楽しみです」

ものすごい笑顔で宣言する舞ちゃん。ほんといい性格してる。舞ちゃんだからこそ許される所業に違いない。

「お疲れ様です」

ぴったしのタイミングで湊くんが休憩室に入ってきた。まずい。今の会話聞こえてないだろうか？

「あ、田中さん、お疲れ様です」

湊くんの様子をじっと見てみたけれど、彼に気付いた様子はない。意外とここの防音はしっかりしているし、扉が開いていなければ、聞こえないだろう。それに多少聞こえたところで、あの湊くんだ。なにかに気付くはずもない。

湊くんが勤怠のパソコンをいじっている背後で舞ちゃんがピンと顔を輝かせる。

「田中先輩、彼女さんとはどうなんですか？」

「ちょっと、舞ちゃん⁈」

いきなりなにを言い出すのか。確かについさっき楽しむと宣言していたけれど、このタイミングは早すぎる。せめて次の機会にして欲しい。

舞ちゃんの肩を叩いて引き留めてみたけれど、もう遅い。湊くんがこちらを振り向く。

「どうって言われても、前の時とほとんど変わってないけど」

「そうなんですか？　最近はどこかに出かけたり？」

「一応春休みの最終日にサイン会と花見に行ったな」

「サイン会、ですか？」

「そう。彼女がめちゃくちゃ大好きみたいでな。たくさん感想を送って応募したら当たったみたいなんだ」

「へぇ、そんなことが」

「めちゃくちゃ嬉しそうにしていてな。喜んでて可愛かった」

「ふふふ、そうなんですね」

舞ちゃんがにやにやしながらこっちを見てくる。あまり顔に出すのはやめて欲しい、期待されてもこっちは反応するわけにはいかない。

まあ、可愛いと思ってもらえているのは嬉しいですけど。

「いいですね、順調みたいで。キューピッドの私も安心です」

「まだその設定、生きていたのか」

「当たり前ですよ。私には田中先輩が上手くいくようガイドする務めがあるんですから」

「勝手に変な任務を背負うんじゃない」

湊くんが呆れながらため息を吐く。

「そのサイン会のデートは上手くいったんですか？」

「もちろん。朝が早かったけど順調に行けたしな」

舞ちゃんが遠慮なく聞くので、このままだとデートのことが全部バレてしまいます。すぐに話す湊くんも湊くんだし、第三者に聞かれてるとなると、自分だけが聞いている恥ずかしさとは別の恥ずかしさがある。つい舞ちゃんの制服の袖を摘まんで引く。

「ちょっと、舞ちゃん。あまりそういうことを詳しく聞くものでは……」

「あ、そうですね」

私の願いが伝わったようで舞ちゃんが頷いてくれる。これで止まってくれるだろう。舞ちゃんは改めて湊くんに視線を送る。

「最後に、なにか相談とかありますか？　デートで困ったこととか」

「困ったことはなかったんだが、途中彼女が不可解な行動をしていたことだけはあったな」

「なんです？　話していただけたら力になれるかもしれませんよ？」

ね？　と舞ちゃんがこっちまで見てくる。確かに不可解な行動というのは気になる。自分としては、普通にしていたはずなのだけど。

湊くんは一度私を見ると、また舞ちゃんに視線を戻して語り始めた。

「実は行きの電車に乗っていたときなんだがな」

まさかの行きの電車。ますます心当たりがない。あ、まさか……。

「彼女の肩に頭を乗せて寝ていたんだが、その時彼女がめちゃくちゃ俺の匂いを嗅いでいてな。そんなに人の匂いって嗅ぐものなのか？」

「っ⁉」

やっぱりそうでした。こっそりしていたはずなのに、気付いていたなんて！　まずいです。これは一大事です。バレないと思っていたからあんな大胆なことをしていたのに、気付かれていたなんて死ねる。ちょっと、穴を掘って隠れたい。

なんとか顔に出ないようにしているものの、ダメです。顔が熱くなってくる。こみ上げてくる熱が止まりそうにない。気休めかもしれないけれど、軽く俯いて顔を隠す。

「へぇ。彼女さんそんなことしてたんですね」

「目を覚まして寝惚けてたら嗅いできてな。結構びっくりした」

「人の匂いと言いますか好きな人の匂いが好きって女の子は多いように思いますけど、どう思います？　柊先輩」

「え？」

反応しないように耐えている間に舞ちゃんが話題を振ってきた。顔を上げると舞ちゃんと湊くんがじっと私を見ていた。湊くんと目が合って思わず目を逸らす。

「舞ちゃんの言う通り、好きな人の匂いが好きで、行動したんじゃないでしょうか？」

「やっぱりそうなんですか。ありがとうございます、柊さん」

「いえ、お気になさらず」

「柊さんも好きな人の匂いが好きということで？」

「ま、まあ」

本人に聞かれるなんて堪えられない。どんな顔をして話せばいいんでしょう。もう湊くんの顔なんて見ていられず、ひたすら顔に出ないようにすることしか出来ない。

（せっかく湊くんの本音を知れる良い機会だったはずなのに、最近はこっちばかりが照れさせられている気がします……）

上手くいかないことに内心で首を傾げながら、ひたすら湊くんにデートの日の感想を聞かされた。

田中ｓｉｄｅ

新学期が始まって十日ほどが過ぎ、ようやく斎藤と同じクラスにいることにも慣れてきた。初日に思ったことだが、予想通り、教室内での斎藤との会話はあまりない。隣の席ということで軽く話すことが二、三回ほどあったが、それだけだ。上手く周りから隠せているように思う。

「田中さん。確か国語の教科担当でしたよね。こちらの課題、職員室のほうにお願いします」

ボケっと本を読んでいたら斎藤が話しかけてきた。どうも斎藤から声をかけられることが多いように思う。別に斎藤はクラスの委員長でもなんでもないはずなのだが。

「悪い。忘れてた。ありがとう」

「いえ。気にしないでください」

クラス全員分のプリントを手渡してくるとき、一瞬だけ斎藤が目を合わせるように俺を見る。ほんのわずかに、この至近距離で見てもほとんど誰も気付かないぐらいの変化だが、斎藤の口元が緩んで口角が上がる。

斎藤の用件は済んだようですぐに立ち去って友人たちのほうに戻っていく。その後ろ姿で髪の毛先がぴょこぴょこ弾んでいるように見えた。

（はぁ、行くか）

職員室はここから真逆の新校舎のほうにあるので、かなり遠い。運ぶのもめんどくさいし、せっかくの読書タイムが削れてしまうのが残念でならない。だが仕事ではあるので、一度大きく息を吐いてから教室を出る。

「あ、湊。もしかして職員室行くの？」

背中側から和樹の声が飛んでくる。さっきまで他のクラスの人たちと話していたはずなのだが、よく俺が出ていくことに気付いたものだ。

「みんなの国語の課題を提出しなきゃいけないからな」

「僕も職員室に用事あったから一緒に行こ」

「どうせ断ってもついてくるんだろ」

「よく分かってるじゃん」

悲しいことにもう知り合って二年以上ずっと関わり続けているので、だいたいのことはお見通しだ。こうなったら断ったところで意味がないのは学習済みなので、断ろうとするだけ労力の無駄である。諦めて職員室へと歩き出す。

「お前の用事はなんなんだ？」

「一応進路先のこと。朝のときに昼休みか放課後来るよう言われてさ」

「なるほどなー。やっぱり大学行くのか？」

「もちろん。推薦でいくつもり」

「ちゃっかりしてるな」

「三年間の努力と言って欲しいね」

斎藤が圧倒的な学力を持っていることは周知の事実だが、意外にも和樹もかなり上位の方にいることが多い。この見た目でそれは反則だろ。

「女子にモテモテのくせに勉強でも目立つんじゃない。他の奴が可哀そうだろうが」

「酷い逆切れだなー」

和樹は苦笑いを小さく零す。

「それに僕だってそこまで目立っているわけじゃないよ。なにせ斎藤さんがいるからね」

「ああ、玲奈な」

「ん？　え？」

「なんだよ」

「今、斎藤さんのこと下の名前で呼んだよね⁉」

「あっ」

和樹の前なので完全に気が抜けていた。そういえば和樹にはまだ呼び方が変わったのを言っていなかった。それはもう凄い勢いで、一歩こちらに顔を寄せて食い付いてきた。

「近い近い。離れろって」

「そんな場合じゃないでしょ。これは大ニュースだよ。え、僕の聞き間違いじゃないよね？」

「……合ってるよ。少し前に変えたんだ」

「なんで教えてくれないのさ」

「教えたらこうなるのが分かってたからだろうが。まあ、今回に関しては完全に忘れてただけなんだが」

「酷い。親友をなんだと思ってるんだよ。僕と湊の仲なのにさ」

わざとらしく肩を落として見せる和樹。表情まで嘆いているようにしている。その表情にちょっとだけあった罪悪感は一瞬で吹き飛ぶ。

「知るか。今知れただけ感謝しろ」

「せめて呼び方を変えた次の日には報告するのが義務だと思うなー。国民の三大義務なんだから」

「そんな義務がある国だったら、国民みんなどこかに逃げてる」

和樹があまりに馬鹿なことをいうものだから、これ以上真面目に聞くのをやめて適当に聞き流すことにした。ちょっと邪魔なＢＧＭってことで。

ようやく職員室にたどり着いた。職員室までの道は遠く、運動不足の俺の身体にはちょっときつい。帰りも同じ距離を歩かなければいけないとか憂鬱だ。

「やっぱり職員室遠いな」

「そうだね。あの教室から初めてきたけどこれはきついわ」

「もう足が棒になりそう」

「それは流石に運動不足だよ。筋トレは大事だよ？」

「本を毎日持ってるから筋トレにはなってるはずなんだけどな」

「湊、そんな筋トレはないからね」

和樹はため息をつくが、俺としては心外である。ハードカバーの本はかなりの重量なので、例えば寝ながら持って読んでいるとかなり疲れるのだ。

「はぁ。あの教室まで戻るのか。歩きたくない」

「そんなこと言って。じゃあ、どうやって帰るのさ」

「そうだな……」

冷静に考えてみれば歩く以外の選択肢が全くない。流石に校内に自転車はダメだろうし。

「あ、和樹タクシーというのはどうだ？」

「僕のタクシー？」

「ああ。お前も教室には戻らないわけにはいかないだろ？」

「そりゃあ、同じクラスだからね」

「だから、俺が和樹の背中に乗る。和樹は普通に教室に戻る。ほら完璧」

「全然完璧じゃないんだけど⁉」

残念ながら全否定されてしまった。いいアイデアだと思ったのだが、なにがいけないのか。

「どこがダメなんだ？」

「全部だよ、全部。湊が僕の背中に乗るのもおかしいし、それ僕が二倍疲れるだけじゃん」

「ほら、筋トレは大事だって言っていたし、和樹の筋トレに貢献してあげようと思ってな」

「筋トレが必要なのは湊でしょうが」

どうやら俺の作戦は完全に失敗してしまったようだ。帰りも歩かなければならないらしい。少し憂鬱になって肩を落としていると、職員室から女の子が出てきた。

「っ！」

もう完全に予想外である。亜麻色のボブヘアの髪に快活そうな雰囲気を纏う小柄な女の子。舞さんである。

（なんでここに）

一体どういうことなのか。考えれば答えは一つなのだが、それは認めがたい。これから一年間同じ学校とか地獄だ。

幸いなことは、バイトの時とは見た目が結構違うので気付かれないであろうということ。何事も起きることなく通り過ぎてくれ……！　そう思っていたのだが。

「あれ？　もしかして、田中先輩ですか？」

すれ違う直前、舞さんが眉を顰めるようにじっとこっちを見た後、表情をやわらげて目を丸くした。

「人違いです」

「いやいや、田中先輩じゃないですか。誤魔化そうとしたってそうはいきませんよ」

右側から見てみたり、あるいは左側から見てみたり。何度も見て確認してくる。

「どうしたんです？　その恰好。いつもと全然違うじゃないですか」

「……バイトは一応この学校禁止だから念のためだ」

「なんですか、その理由。そのためにわざわざ変装みたいなことまでして？　可笑し過ぎますよ」

くすくすと肩を揺らしながら、ひたすら笑い続ける舞さん。バイトの時と全然変わらん。

「そんな笑うほどのことじゃないだろ」

「いやいや、面白すぎますよ。だってその恰好とか、もう別人ですもん」

「ならなんで気付いたんだよ」

「なんとなく、ですかね。最初は半信半疑でしたけど、声をかけたときの反応とかで確信しました。間違えていたらどうしようかと思いましたよ」

「気付かないまま帰ってくれれば良かったのに」

心の底からそう思う。これで当分の間、このネタでからかわれること間違いない。

「まあまあ。これからは学校でも仲良くしましょうね、先輩」

舞さんはにやにやと楽し気な笑みを浮かべて、上目遣いにこっちを見た。勘弁してくれ……。

「湊に女の子の知り合いがいるなんて意外だなぁ」

和樹が声をかけてきた。その声で舞さんは俺の隣にもう一人いたことに気付いたらしい。そっちを見る。和樹の姿が舞さんの瞳に映り込み、なぜか舞さんは目を丸くした。

「え、一ノ瀬先輩……？」

「ん？」

和樹の知り合いだろうか？　だが、和樹は舞さんのことを見ても不思議そうに首を傾げている。だが、だんだんと眉が下がり、顔に影が落ち始める。どんよりと空気が重くなった気がした。

恐る恐るというように和樹は口をゆっくり開く。

「もしかして、舞ちゃん？」

「はい。お久しぶり、ですね」

互いに一言話すと、言葉はそれ以上続かず、沈黙が漂う。普段饒舌な二人がここまで静かなのは明らかにおかしい。和樹は一度唇を噛みしめて、繕う笑みを顔に張り付ける。

「……随分雰囲気が変わってて全然気付かなかった」

「先輩が学校を卒業してから二年が経ちましたから。さすがに変わります」

「もう二年も経ってたんだ」

「はい、二年です」

会話はしているものの、錆びついたようにぎこちなく、よそよそしさは俺でも見て取れる。

「あれから大丈夫だった？」

「先輩のおかげであの後は落ち着きましたから。その後は元気に過ごせました」

「それなら、いいんだけど」

「もう時間なので失礼しますね」

「……うん、じゃあ、またね」

去っていく舞さんの後ろ姿を和樹はじっと見つめていた。

「湊、ちょっといい？」

放課後になると、和樹が俺の机の所に来た。おそらく昼休みのことだろう。昼休みはあの後時間が無くて、聞けないまま午後の授業に入ってしまった。俺も気になっていたところだったので丁度いい。

斎藤に『今日は遅れる』とメッセージを送ると、隣の席で斎藤がスマホを確認していた。

放課後は人気のない屋上へと行くと、春風がそよそよと落ち着いた空気を運んでくる。フェンスそばに置かれたベンチに俺と和樹で座った。

「舞さんと知り合いなのか？」

「前に中学で色々あったって話したでしょ？」

「ああ。噂になってその女子と疎遠になったってやつか」

斎藤に関して悪い噂が流れたときに、和樹が協力してくれた理由を教えてくれたことがあった。その時に話していたことだろう。

「そう。実はその相手が舞ちゃんなんだよね」

「まじか」

そんな奇跡的な繋がりがあるのだろうか。バイト先の後輩が和樹の知り合いで、しかも昔かなり親しかった人だなんて。どんな確率だ。

「実はあのバイト先に舞ちゃんがいるのは知っててさ」

「そうなのか？」

「うん。舞ちゃんと一緒に何回か行ったことがあったしね」

つまり、和樹はあの場所に舞さんがいることを知ってて俺を紹介したことになる。そりゃあ知り合いだったお店なら紹介も出来るか。

「実は湊をあそこに紹介したのもさ、もちろん湊がきちんと容姿を整えたらどうなるか見たかったのもあるけど、彼女がどんな様子なのか知りたかったのもあるんだ。ごめん、利用するみたいなことして」

「なんだ、そんなことか。今となっては、本を前以上に買えるようになったし、全然気にしてない。むしろ感謝してるくらいだ」

和樹に打算があったにせよ、俺が損をしたわけではないので、恨む要素なんて一つもない。

なんだかんだあのバイトでの柊さんとの繋がりが無ければ斎藤と付き合っていなかった可能性もあるし、そのきっかけを作ってくれた意味で考えれば、感謝こそしても文句などなにもない。

「俺をあの場所に送り込んで役に立ったか？」

「いや、全然彼女の話は出てこないいし、正直あんまり意味はなかったね」

「だろうな」

「だから、あんな仲良くなっててびっくりしたよ」

「仲良いというか、玩具扱いしているだけな気がするけどな」

今考えてみれば、舞さんが俺のことをからかってくるのも、和樹がからかってくるのも結構似ていた気がする。道理で似ているわけだ。

「あそこまで仲良くなってたならもう少し話題に出てきてもおかしくないのに」

「いないところまであいつのこと思い出してられるか」

あんなのが頭の中にずっといるとか俺の精神衛生上良くないので、一切思い出さないように封印していた。バイトの時は和樹のことも封印していたし、同じようなものである。

こんなところまで一緒かよ。

「舞ちゃんはずっと元気そうだった？」

「俺が知り合ってからはいつもあんな感じだったぞ」

「そう。ならいいんだ」

ほんのわずかに穏やかな笑みが浮かんで、和樹は遠くを見つめる目をした。

「中学の時もあんな感じだったのか？　あいつだったらそういう変な噂とか撥ね退けそうだけど」

「全然違うよ。もちろん二人の時は凄いおしゃべりだったけど、普段は口数もそこまで多くなかったし、もっと落ち着いた静かな感じだったね」

「……誰の話してるんだ？」

あの舞さんが？　全く想像つかない。いつも元気で落ち込むなんて知らなそうな顔をしているあいつが、昔の俺みたいな陰キャだったなんて。

「僕がいなくなってから変わったんだろうね。理由はなんとなく想像がつくけど」

自分に理由があるとでも思っているのだろう。思いつめた表情がそう告げている。

「あんまり自分を責めなくてもいいんじゃないか？」

「でも、あのときは僕のせいで彼女に迷惑をかけたわけだし」

「悪いのは周りの奴らだろ。勝手に色々言うのが悪いだけで別にお前はなにもしてないんだから悪くない」

「……湊は優しいね」

「お前が弱ってると調子が狂うだけだ」

さっさといつもの状態に戻って欲しい。テンションの低い和樹など、もはや別人だ。和樹は、くすっと吐息を零して、じんわり口角を上げた。

「せっかく一緒の学校になったんだから、これからまた交流していけばいいんじゃないか？　旧知を温めてさ」

「そんな機会はなさそうだけどね。一年生と関わるときなんてもうないでしょ」

「まあ、そうだな。じゃあ、バイトの方に来れば？」

「無理無理。そんな場所に行けるなら湊をバイトに紹介してないって」

「ヘタレめ」

「その言葉、湊に言われるとは思ってなかったよ」

ジト目でこっちを見てくるが知ったことではない。俺の話はまた別だ。

「仕方ないな。じゃあ俺が機会を作ってやるよ」

「どうやってさ」

「そうだな……。向こうを誘えば普通に来てくれるんじゃないか？」

「昼休みのあれを見てくると思う？」

和樹はどうやら舞さんが自分のことを避けているようだが、どうだろうか。反応を見た感じ、向こうも和樹のことを忘れていなかったわけだし、可能性はあるだろう。まあ、あの気まずい雰囲気を考えれば、微妙なところではあるが。

「任せろ。なんだかんだ和樹には色々お世話になったからな。俺の腕を信じるんだな」

「対人コミュ力皆無のその腕を？」

「そうだよ」

本当のことを言うんじゃない。俺も不安になってくるだろうが。和樹は「期待しないで待ってるよ」と若干諦めた笑顔で頷いた。

さて、どうしたものか。和樹のために一肌脱ごうと決めたものの、方針がまったく定まらない。和樹と別れたあと斎藤の家に来たのだが、本を読みながらずっと悩んでいた。

「うーん」

「どうしました？　珍しく唸ったりして」

隣で一緒に本を読んでいた斎藤が覗き込むようにして眉をへにゃりと下げている。

「いや、別に」

バイト先で斎藤と舞さんが仲が凄く良いことは知っているので、本来なら斎藤の力を借りたいところだが、今相談した場合、俺が斎藤と舞さんが親しいことを知っていることになる。それはまずい。

「その本、そんなに難しいんですか？」

「いや、ライトノベルだから気軽に読めるタイプだな」

「湊くんが読んでいるのは珍しいですね。いつも大体ミステリーな気がします」

「これは最近和樹に薦められてな。和樹も友達からおすすめされたらしいんだが、結構面白かったみたいなんだ」

「へー、どんな話なんです？」

「恋愛メインの若干ラブコメよりかなって感じ。ヒロインが結構可愛いぞ」

「⁉ どれですか」

さっきまで軽い感じだったのに、急に食い付いてきた。俺の手元の本を覗き込むようにしてやけに真剣だ。可愛い女の子が好きなのか？

ペラペラとページを戻して、表紙裏の見開きページのイラストを見せる。一巻なので登場人物の紹介という形で、ヒロインは机に座って窓から外を眺めているイラストだ。黒髪の美少女で風に髪が靡いている。

「この子ですか」

「そうそう。基本的には一対一の恋愛ものだからヒロインは一人なんだ」

「どのあたりが可愛いと思ったんですか？」

「え？」

　思わず斎藤を見ると、斎藤も真剣に目を輝かせてこっちを見つめていた。どう考えても適当に誤魔化せる雰囲気じゃない。

「基本的に主人公には冷たいんだが、時たま甘えるんだ。その時が一番可愛いな」

「なるほど。ちなみに甘えるというのは、具体的にどういったものなんでしょう」

「結構色々あるからなー」

　軽いものからかなり性的な方まで。斎藤に口で説明するのはちょっと恥ずかしいし、憚られる。

「良かったら読んでみるか？」

「いいんですか？　あ、でも湊くんが読むものが無くなっちゃいますね」

「こういうこともあろうかと、もう一冊持ってきてある」

「……鞄、本しか入ってないんじゃないですか？」

「よく分かったな」

　ジト目で俺の鞄を見つめる斎藤。透視能力でもあるのだろうか？

「とにかく、それなら遠慮せず読めそうです」

「ああ、気にせず読んでくれ」

正直、今は考え事のせいで読書に集中できていない。

それなら興味津々と斎藤に先に読んでもらった方がいい。承諾すると斎藤はすぐに貸した本を読み始めたので、その隣で次の本を開きながら、もう少し考えることにした。

パタンと隣で本を閉じる音が聞こえ、顔を上げると、斎藤がちょっぴりにやけながら満足そうな顔をしていた。

「もう読み終わったのか？」

まだ読み始めてから一時間半しか経っていない。

「はい、凄く読みやすく作られているのでスラスラ読めてしまいますね」

「面白かったか？」

「もちろんです。凄く参考になりました。お返ししますね」

「あ、ああ」

一瞬、参考という言葉を疑問に思ったが、斎藤から本を手渡されたため、その疑問はすぐに消えた。

「湊くんはなにかずっと考えていたみたいですが、大丈夫ですか？」

「正直、上手い考えが思いつかなくて困ってるんだよな」

「……そうですか」

斎藤は真剣なトーンで頷くと、スクッと立ち上がった。隣から俺の前に移動して、立ったまま、座る俺を見下ろす。

「玲奈？」

斎藤はこっちの姿を捉えたまま無言だ。ほんのりと頬を桜色に色付かせ、じっとこっちを見つめてくる。羞恥が滲んでいてどこか扇情的な雰囲気さえあった。何か声をかけようと思ったところで、斎藤が動いた。

「っ⁉」

思わず息を呑む。身体全体が温かい温もりに包まれ、一瞬なにが起きたか分からなかった。

だがすぐに、優しく俺の身体に回る両腕の感触で斎藤が抱きついてきたことを察する。

（いや、え⁉）

どう反応していいのか。自分も斎藤の身体に触れていいのか分からないまま、俺の腕は宙を彷徨う。下ろすべきか、それとも俺も斎藤に合わせるべきか。

突然すぎて全く分からない。ひたすら斎藤の身体の感触だけを受け止め続ける時間だけが続く。

（ち、近いな）

自分の顔の横には斎藤の顔があり、斎藤の普段のフローラルな香りがこれでもかと強く香ってくる。これだけ近いと流石に照れる。

いや、もう、マジで無理。自分でも顔が赤くなっているのは分かるし、このまま斎藤が俺から離れたら確実に見られてしまう。それはまずい。

どくん、どくん、と自分の心臓なのか、斎藤の心臓なのか分からないが拍動を感じながら、何秒か分からないほどの時間を過ごした。すっと斎藤の身体が離れる。

「え、きゅ、急にどうした？」

斎藤を見上げると、その顔が真っ赤に染まっていて口元が強く引き結ばれている。耳まで赤くなっているのも見えた。

「その本に、主人公を元気づけるために抱き着くシーンがあったので、私もやってみたんです。元気は出ましたか？」

「お、おう。それはもちろん」

元気が出たというか、強制的に思考を止められたというか、ただ一つ、抱きしめて貰って嬉しかったことだけは間違いない。心臓にものすごく悪かったが。未だにどきどきとしているくらいだ。

「急に来るからびっくりした」

「甘えるのが可愛いと言ったのは湊くんじゃないですか」

「参考になったってそういうことかよ」

やけに真剣に読んでいると思ったら、俺のためだったらしい。確かにヒロインの行動が可愛いと言ったのは自分だから、ある意味俺が原因とも言えるが、こんなことになるなんて思ってないって。こんなの誰も予想できるはずがない。

「……」

互いにちょっと恥ずかしくて沈黙の時間が続く。無理、今斎藤の顔なんて見られん。

「湊くん、顔真っ赤ですね」

斎藤は頬を朱に染めながら口角を上げる。どこか強がるような余裕のなさがその笑みから滲んでいる。

「うるさい。そりゃあ照れるだろ。こんなの無理だって」

「余裕、なさそうですね」

「当たり前だろ」

まだ余韻が凄くて非現実感が抜けない。斎藤の顔もまともに見られないし、なんなんだ、これ。手元の本に視線を落としていると、そっと斎藤の手が俺の頬に添（そ）えられた。

「照れてる湊くんはちょっと可愛いです」

「お前な……」

少しだけ視線を上げて斎藤を見れば、顔が茜色（あかねいろ）ながらも、そそられます、とでも言わんばかりにどこか扇情的な蠱惑（こわく）な笑みが浮かんでいた。

（その表情はずるいだろ）

もう見ていられなくて手元に視線を戻す。意識して息をしないと呼吸を忘れそうだ。いつまでも引かない熱に頭がどうにかなりそうだ。しばらく気持ちを落ち着かせるのに時間を費やした。

「落ち着きましたか」

「なんとかな」

時間が空いたことでようやく思考も戻ってきた。さっきよりは頭の中がクリアになった気がする。

「こういうのはもう勘弁してくれ。普通に身が持たない」

「湊くん凄い余裕なさそうでしたもんね」

「分かってるなら、頼（たの）むぞ」

念を押しておかないと、斎藤ならまたやりかねない。しっかりお願いをしておいた。

「それで何に悩んでいたんですか？　良かったら相談に乗りますよ。言いたくないなら言わなくても全然いいんですけど」

「ああ、実は舞さんと和樹の仲をとりなしてあげたくてな。でもどうやったらいいかわからなくて困ってたんだ」

「え、舞ちゃんと一ノ瀬さんって知り合いだったんですか？」

「知らなかったのか？」

「知りませんよ。初めて聞きました」

「結構仲が良かったみたいなんだが過去に色々あって疎遠になっていたみたいなんだ」

「そうだったんですね」

「玲奈は舞さんと仲がいいだろ。上手く舞さんを誘ってくれないか？」

「別にいいですけど……って、あれ？　私舞ちゃんと仲が良いこと話しましたか？」

「ああ。玲奈がバイトで柊と名乗っていることは知ってるからな。いつもバイトの時仲良さそうにしてるだろ」

一旦冷静になってみればなんてことはない。柊さんの正体に気付いていることを話せばいいだけの話だった。そもそも斎藤を照れさせるために隠していたのだが、もう十分楽しんだと思うし。

さらっと言ってみたのだが、斎藤は「え、ちょっと、待ってください」と軽く手を上げて分かりやすく狼狽した。

「気付いていたんですか？」

「もちろん」

「い、いつから？」

「バレンタインのチョコを貰った時だな」

「え⁉　大分前じゃないですか」

ぱしっと俺の肩を掴んできた。

「チョコの相談を受けて、希望した通りのものが届いたら分かるだろ。下の名前は一緒だし」

「それはそうですし、私も狙ってやったんですから、ある意味成功ではあるんですけど」

ミスではなく、どうやら狙ってやっていたらしい。道理であからさま過ぎるとは思った。

「狙い通り気付かせられて良かったな」

「良くないですよ。なんで気付いたのに黙ってたんですか。次の日全然いつも通りで困惑したんですから」

「玲奈もずっと黙っていたわけだし、仕返しと思ったんだ」

「あ、だから、私ばっかり恥ずかしい思いをさせられていたんですね。道理でおかしいと思いました。嵌めましたね」

「悪かったって。ちょっとした仕返しのつもりだったんだ」

「……確かに、私もこっそり黙っていたのはすみませんでした」

「いいよ、別に。気付いたときは死にたくなるくらい羞恥で悶えくるしんだくらいだし」

「それはちょっと見ていたかったです」

「お前なぁ」

本当に反省しているんだろうか。好きな人に惚気てたとかめちゃくちゃ黒歴史だぞ？

思わずため息が出る。

「とにかく、玲奈が舞さんと仲が良いのは分かっているって話だ」

「分かりました。そしたら舞ちゃんを誘って連れ出せばいいんですね」

「一番の目標はそれだな」

「ちなみに、どんな作戦で？」

「いや、それが全然決まってない。二人を合わせたところで気まずそうに黙っているだけだろうし、だからといって俺に会話を盛り上げるスキルがあるわけでもないしな」

「そこは頑張ってくださいよ」

「頑張ってどうにかなるなら、もうちょっと俺に友達が増えてるだろ」

「それは間違いないです」

「おい」

強く同意するんじゃない。泣いちゃうだろうが。

斎藤は、んー、と顎を摘まんで唸ると、顔を上げた。

「そうです。ダブルデートにしましょう」

「ダブルデート？」

「私と湊くん、舞ちゃん、一ノ瀬さんの四人でお出かけするんです。そしたら、私も会話を盛り上げる手助けが出来ますし、舞ちゃんも私がいた方が来やすいでしょうから」

「おお、いいな。それなら上手くいきそうだ」

「問題はどこにお出かけするかですけど、遊園地はどうでしょう？」

「遊園地？」

これはまた意外な名前が出た。

「遊園地というのはジェットコースターやお化け屋敷など色んなアトラクション施設が集まった場所のことです」

「それは知ってるよ」

「おや、ご存じでしたか」

「選んだ理由が知りたかったんだ」

本気で間違えたのか惚けているのかいまいちわからん。遊園地くらい何回か行ったことがあるのだが、斎藤の中で俺はガチの引きこもりだと思われているのだろう。

「遊園地ですと、待ち時間に色々話す機会が生まれますし、話題を作りやすいですから。それに少し話せるようになったと思ったらこっそりわざとはぐれて二人きりにしてあげれば……」

「二人が仲直りっていうわけだな」

「そうです！」

斎藤と二人で思わずほくそ笑む。最高の作戦だ。これで間違いない。最後、舞さんと和樹が仲良く笑い合っている光景が目に浮かぶ。

（エンディングとして完璧だな）

映画や本のラストシーンを思わせる完璧な光景の前に、斎藤と二人でどう進めていくべきか作戦を進めた。

## 柊side

湊くんと立てた作戦を実行するために、早速、まずは舞ちゃんを誘う必要がある。一番いいタイミングはアルバイトの時なので、今しかない。夜の勤務が終わって隣で舞ちゃんも着替えているし、丁度いい。

「舞ちゃんって二年くらい前に急に雰囲気変わりましたよね」

「そうですね。ちょうどそのくらいだった気がします。自分を変えたくなったんですよね」

「自分を?」

「きっかけがありまして。私、好きな人がいたんですけど、好きな人は色んな女の子から人気がある人だったんです。中には告白してフラれた子が何人もいたりして」

「へぇ。初めて聞きました」

「あんまり言ってないですから」

湊くんとの話を考えると、その好きな人が一ノ瀬さんということだろう。舞ちゃんは上着を両手で持ったまま、少しだけ影を落とす。

「その人と色んな偶然が重なって仲良くなることは出来たんですけど、そうすると周りの女子から結構色々噂されるようになりまして、それがきっかけで疎遠になっちゃったんですよね。それから周りに文句を言わせないくらい自分を磨こうと思って動き始めたんです。それが丁度二年くらい前ですね」

「そんなことがあったなんて知りませんでした」

「実は最近、その人に偶然再会しまして。一ノ瀬和樹っていう人なんですけど、知ってます？」

「もちろんです。湊くんと仲が良い人ですから」

「やっぱりそうなんですか。その再会したとき田中先輩も一緒にいてびっくりしました」

「湊くんも一ノ瀬さんと舞ちゃんが知り合いだったたって聞いて驚いてましたよ」

「あ、それも聞いてたんですね」

「はい、急に変な質問してすみません」

舞ちゃんにとってはあまりいい思い出ではないだろう。それを振り返るのはやはり辛いはず。

「気にしてないので全然いいですよ。もう過ぎたことなので」

「まだ一ノ瀬さんのこと好きなんですか？」

「それはもちろん。二年も話してないので一ノ瀬先輩からしたらしつこい女の子かもしれないですけど」

「そんなことないです！　実は湊くんから一ノ瀬さんのこと色々聞いていまして、向こうも舞ちゃんと気まずいまま離れ離れになったことを後悔しているみたいなんです」

「え、そうなんですか？」

「はい。自分が原因だと責めているんだとか」

私の部屋で湊くんと作戦会議をした後、一ノ瀬さんの事情を色々聞いた。確かに、湊くんが放っておけないのも頷けた。

「先輩のせいじゃないから責める必要はないのに」

「では、そう直接告げてあげてください。ちゃんと言わないと伝わりませんよ」

「そう、ですね。でも今更、会って話していいんでしょうか？　虫が良すぎません？」

「いいに決まってます。むしろ相手もそれを望んでるんですから」

「でも、いいタイミングがないんですよね。この前会ったときは急でしたから緊張して全然話せませんでしたし」

「でしたら、今度四人で遊園地に出かけませんか？　一ノ瀬さんには湊くんから話を通して置くことになっているので安心してください」

「いつの間にそんなこと……」

「舞ちゃんには元気でいて欲しいですから。私の可愛い後輩ですし」

「柊先輩……！」

ひしっと小柄な舞ちゃんが私に抱き着いてくる。薄着のせいで舞ちゃんの温かな感触がダイレクトに私の肌に来た。

「ありがとうございます。勇気を出して同じ高校に入ったはいいもののどうしたらいいか分からなくて困ってたんです。本当に助かりました」

「いいんですよ。いつでも私を頼ってください」

舞ちゃんのふわふわとした髪をよしよしと撫でる。自分とは違う細い毛が気持ちいい。

「最近再会した時というのはどうだったんですか？」

「もう全然だめです。向こうが気まずそうにしているのは一瞬で分かりましたし、そのせいで自分も上手く話せなくて、結局逃げちゃってこの様です。この二年間で色んな人と気さくに話せるようになったんですけど、やっぱり難しいですね」

「疎遠になっていた人なんて気まずくて当然です。理由が理由ですし。でも頑張らないといけませんよ」

「はい。柊先輩が用意してくれたせっかくの機会ですから」

「いいえ、実は今回企画したのは実は湊くんなんです」

「え、田中先輩ですか？」

目をこれでもかと丸くする舞ちゃん。凄い驚きようだ。まあ、私も気持ちは分かりますけど。

「嘘でも冗談でもなくあの湊くんです」

「なんと！」

「一ノ瀬さんに凄くお世話になっているから、この機会にたすけてやりたいって言って相談してきたんです」

「そうだったんですか。それなら今度ちゃんとお礼を言わないとですね」

「本の一冊でもプレゼントしてあげたら喜びますよ」

「本ですか？」

舞ちゃんはきょとんと首を傾げる。確かにお礼に本を贈るというのは聞いたことがない。

「本が大好きですからね。下手にお菓子を渡すより喜ぶと思います」

「田中先輩、変な人ですね」

「それは同感です」

しみじみと呟く舞ちゃんに首を振って同意する。あんな変な人見たことがない。いっぱいいたら勿論困りますが。

「あ、本って何にしたらいいんでしょう？　田中先輩の持っている本分からないですし」

「新刊の棚を見て決めたらいいと思います。古い本は多分ほとんど読んだことありそうな気がします」

流石に読んだことのない本は沢山あるのだろうけど、なんとなく昔の本は全部読んでしまっているような感覚がある。あの本への酔狂ぶりを見ると、一概に私の思い込みとは言えないから怖いところだ。

「いつ遊園地に行く予定ですか？　出来るだけ早い方が良いと思いますし、日程が合えば今週の土日のどちらかにしようと思うんですけど、空いてますか？」

「はい。今週はどっちもなにもないので大丈夫です」

「では、決まったら連絡しますね」

「ありがとうございます。なんかもう緊張してきました」

「まだ早いですよ。確定したわけでもないんですから」

表情をこわばらせる舞ちゃんが面白くてつい笑ってしまう。今緊張していたら当日絶対身が持たない。

「そういえば、いつの間にか田中先輩のこと、下の名前で呼ぶようになってますね」

「……気付きましたか」

なんて耳敏い。今のタイミングで変えて置けば、舞ちゃんも自分のことで精いっぱいだからバレないでいけると思ったのに。

「分かりますよ。私、そういう細かい変化に気付くの得意なんで」

くいっと眼鏡のフレームを持ち上げるようなしぐさを見せる舞ちゃん。もちろん、舞ちゃんは眼鏡をかけてないので、エア眼鏡だ。

「湊くんに私の正体がばれないために呼び方を気を付けていたんですけどね」

「そうですよね」

「ですが、もう舞ちゃんに湊くんとのことを話しちゃいましたし、湊くんにも柊と斎藤が同一人物なことがバレちゃったのでいいかなと」

「え、別人だと勘違いしていたことに気付いたんですか⁉」

舞ちゃんが驚くのも無理はない。私だって湊くんから聞かされた時は驚いたんだ。舞ちゃんの驚きも相当のものだろう。あんなさらっと白状してくるなんて。

「バレンタインの時に気付いたみたいです。バイトで相談をして決めた渡す予定のチョコと、学校で渡したチョコを一緒にしたら気付くかなと思ってやってみたんですけど、それが原因だったみたいですね」

「じゃあ、今まで黙っていたってことですか？」

「そうなんです。私をからかってみたかったらしくて」

「なるほど、だからだったんですね。道理でピンポイントで照れるようなこと言っていると思いました」

舞ちゃんは何か覚えがあるようで何度も頷いている。

「やりますね、田中先輩」

「全然気付かない鈍感(どんかん)な人だと思っていたんですけど、違(ちが)ったみたいです」

花見の時に電車でこっそり匂(にお)いを嗅(か)いでいたのも気付いていたし、意外と鈍感なのではないのかもしれない。少しだけ湊くんを見直すことにした。

来るべき土曜日。とうとうこの日がやってきた。曇り一つない青空で風もなく絶好のお出かけ日和である。日差しが引きこもりには少々辛いが。

遊園地で合流する予定になっているのだが、その前に最寄りの駅まで、和樹と向かうことになっている。開園時間に間に合わせるため、始発の電車だ。最初聞いたときは震えた。幻聴かと思ったくらいだ。だが何回確認しても始発ということだったので間違いないだろう。斎藤に聞きすぎて最後は無視された。

始発前なので駅前にまだ全然人がいない。静かな広場の中、ぽつぽつと何人かが駅へと入っていく。自分も歩いていると、一人目立つイケメンが壁に寄りかかって立っていた。

「あ、湊。おはよ」

「おはよ。準備が早いな」

「緊張して寝られなくてさ。四時に起きちゃったよ」

「お前でもそんなことあるのか」

「自分でもちょっと驚いてる。でも、流石に今回は緊張するよ。久しぶりだしね」

「向こうもちゃんと話したいって言ってるし、上手くいくと思うけどな」

「他人事だからってちゃっかりしちゃってさ」

「実際他人事だからな」

和樹を助けたくて今回のイベントを企画したが、ここから頑張るのは和樹本人である。もちろんサポートはしていくが、このへたくそアシスタントに期待してもらっては困る。

「湊は今日デート用の格好じゃないんだね」

「主役は俺じゃないしな。それに用意してる時間より睡眠の方が大事だった」

「変装の意味もあったんじゃないの？」

「知るか」

しっかり準備をするかは直前まで迷ったが、あまりに目が開かずコンタクトが目に入らなくて諦めた。

駅の改札を通り、ホームへと階段を降りると、人が散見された。少し待てば電車がやってきたのでそれに乗り込む。

「なあ、何回も玲奈に確認したんだが、本当に始発じゃないとダメなのか？」

「ダメって訳じゃないけど、始発じゃないと入園に間に合わないでしょ」

「別に入園が始まったあとでいいと思うんだがな」

「最初から最後まで楽しむのがガチ勢みたいだからね。斎藤さんがそのタイプなんじゃない？」

ガチ勢と聞いてピンと来てしまった。斎藤はどうにも凝り性なところがあるので、こういうのは全力で取り組むタイプな可能性は高い。

（ちょっと今日の斎藤はダメかもしれないな……）

暴走して二人をそっちのけなんてことがあり得るかもしれない。そんなことを想像して少しだけ背中が震えた。

電車は乗り換えしなくても目的の駅に着くので気楽だ。途中眠気が一気に襲ってきて寝過ごしそうになったがなんとか目的の駅に降りることに成功した。

『東口の改札横で舞ちゃんと待ってます』

そんなメッセージが入ったため東口へと向かう。二人は目立つのですぐに見つけられた。

「あ、おはようございます、湊くん。一ノ瀬さん」

「ああ、おはよ。相変わらず朝から元気だな」

「今日は遊園地ですからね。時間いっぱい楽しまないと」

目を輝かせる斎藤の顔は朝一とは思えない。てか、目的忘れてません？　斎藤の耳元に顔を寄せる。

「今日の目的忘れてないだろうな？」

「も、もちろんですよ。一番は舞ちゃんと一ノ瀬さんとの関係の修復ですよね」

一瞬噛んでるし、不安すぎる。とりあえず二人の仲を取り持たねばと思い、見ると、二人とも気まずそうに微妙に間を空けていた。

「えっとこの前は少しだけ話したけど久しぶりだね」

「はい。この前はあんまり話せなくてすみません」

あまりに堅すぎる二人。逆にどうやったらそんな堅く会話が出来るんだ。

「ここに来たのは初めてなんだが、みんなはどうなんだ？」

「私は多分一ノ瀬先輩と来た時が最後かもしれません」

「そう、だね。僕もかな」

やってしまった。さらに気まずくなった。二人が仲が良かったころのことを思い出させるなんて、初っ端にしていいことじゃない。こっそり斎藤に耳打ちする。

「おい、どうするんだよ。普通こういうのはこれまで行ったことない場所に行って新しい場所にするんじゃなかったのか？」

「そんなこと私に言われても知りませんよ。地元で一番有名な場所がここなんですから、行ったことがあっても仕方ありません。私に任せてください。このまま行きますよ」

「分かった」

斎藤が力強く言うので一旦信じてみるとしよう。斎藤は先頭に立って移動を始める。斎藤の隣に舞さんが並ぶ形になり、その後ろで俺と和樹が横に並ぶ形だ。斎藤は意気揚々と進んでいき、随分と楽しそうである。途中舞さんと色々会話している声が聞こえた。

遊園地の入り口まで行くと既に多くの人が列を成していて、長蛇の列だ。一番後列に四人で並ぶ。

「あと四十分くらいです。一ノ瀬さんはアトラクションの中で何が一番好きですか？」

「フリーフォール系のやつかな」

フリーフォールはタワーの頂上まで運ばれて、そこから一気に落ちるアトラクションである。何度も浮遊感が襲ってくる不思議なやつだ。舞さんは、和樹の言葉を聞いて懐かしそうに目を細める。

「まだ好きだったんですね」

「二年じゃあ、そんなに変わらないからね」

まだぎこちなさは残っているが、二人の間で会話が出来ただけ良いとしよう。もう少し会話が続くことも期待してみたが、残念ながらすぐに二人の会話は終わってしまう。だが、すかさず斎藤がフォローに入った。

「昔フリーフォールについて何かあったんですか？」

「僕は結構好きなんだけど、最初舞ちゃんは全然苦手でね。誘っても一緒に乗ってくれなかったんだよ」

「当たり前です。もし壊れて落ちちゃったらどうするんですか」

舞さんは真剣そのものの表情で語っている。どんだけ心配症なんだ。和樹も同じ感想のようで、呆れたため息を吐く。

「壊れないっていっても全然信じて貰えなくてね。結局一緒に乗れなかったってわけ」

「それなら今日、舞ちゃんには一緒に乗ってもらいましょう」

「え、嫌ですよ！」

斎藤の提案に舞さんはぶんぶんと首を振る。まあ、意地でも乗らなかったんだからその反応は当然だ。だが、斎藤がなにかひそひそと舞さんに耳打ちすると、舞さんは顔を変えた。

「すみません。一緒に乗りましょう」

斎藤は一体なにを言ったんだ。あんな頑なだった態度を変えるなんて恐ろしい。だが、その発言は和樹には効果的だったようで、ぱっと顔を輝かせた。

「一ノ瀬先輩」

「え、いいのかい？」

「は、はい。今回だけですからね、一ノ瀬先輩」

「もちろん」

ほうほう。なかなかいい感じじゃないだろうか。これが斎藤の狙いだったのか。だとしたら、有能すぎるぞ、斎藤。遊園地にピクニックに来ただけかと思っていたが、ちゃんと動いてくれていたらしい。言葉に嘘はなかった。

入園までの間、斎藤の細やかなフォローで少しずつだが、俺の目から見ても確実に距離は近づいているように思えた。

「只今より、当園を開園いたします」

アナウンスが流れると、一気に列が動き出した。入り口では手荷物検査が行われているので少し入るのに時間がかかりそうだ。ゆっくりとだが確実に列が流れていく。

とうとう自分たちの番になり、入園チケットで中に入ったところで、ぐいっと手を引っ張られた。

「うぉ⁉」

「湊くん。こっちです」

気付かない間に斎藤が背後に回り込んでいた。忍者かよ。手を引かれるままに入り口横の建物の物陰まで連れて行かれる。

「どうした、玲奈？」

「静かにしてください」

斎藤が物陰からこっそり何かを見ているので、俺も同じように隠れながら斎藤の視線をさぐる。おそらく斎藤が見ているであろう方向を眺めると、きょろきょろとあたりを見渡す二人の姿があった。

「おい、捜してるみたいだぞ、呼んでくるか」

「なに馬鹿なことを言っているんですか。このままにします」

「え？」

一体斎藤はなにを言い出すのか。和樹たちとわざとはぐれるにしても完全に良い感じになった後半の予定だったはず。こんな入園直後にはぐれる計画はない。

「二人の会話を聞いていて思いました。話せば絶対すぐに元に戻れます。変に遠慮してるからいけないんです」

「そりゃあそうだ。二人ともまた仲良くなりたいみたいだしな」

「だったら強制的に話をさせればいいんです。私がいちいち会話を回していたら埒が明きません。あんなじれったいことをいつまでもは出来ませんからね」

「お、おう。そうか」

斎藤、意外と鬼である。確かに二人の会話を聞いてじれったいとは俺も感じていたが、このまま見守りつつ続けていけばいいとしか思っていなかった。それを一気にぶん投げるとは。

入り口のところで二人はずっと周りを捜していたが、和樹がポケットからスマホを取り出し、何かを打ち始めた。俺のスマホが震える。確認してみると、俺の場所を尋ねるメッセージだった。

「なんて来ましたか？」

「どこにいる？　だって」

「そしたら、二人で頑張ってと送ってください。ちょうど今私も舞ちゃんから来ましたので同じように返事します」

「分かった」

指示されるままにメッセージを送ると、泣き顔のスタンプが返ってきた。

『冗談でしょ？　二人でなに話したらいいかわかんないって』

和樹の動揺が手に取るように分かるが、俺に助けを求められても困る。うちの斎藤教官はスパルタなのだ。『ファイト』とだけ返しておいた。

「終わりましたか？」

「ああ。ファイトとだけ言っておいた」

「良いと思います。私も舞ちゃんから泣き言が来ましたけどしっかり頑張るよう言い聞かせました」

遠目で二人の表情は分からないが、内心の焦り具合だけは透けてみえる気がした。

「あ、動くみたいですね」
二、三分ほどその場で立ち止まったままだったが、俺たちが来ないことに観念したのだろう。和樹が舞さんに声をかけて、舞さんがなにか頷いていた。
「では行きましょうか」

「え、ついていくの？」

「当たり前です。ちゃんと仲良くなるところまでは見届けないと」

「あ、だよな」

意外とそこは優しいようで面倒見がいい。こっそり二人の後をついていく。

「少しドキドキしますね。スパイみたいです」

「ストーキングとかやったことないからな」

「私だってありませんよ」

全く経験がないという割には慣れた動きだ。見失わない程度に遠い距離から見事について歩いている。

「どうです、ストーキングデートは？」

「多分大多数の人間は一生経験しないデートだろうな」

「では、貴重な経験が出来て良かったですね」

「……そうだな」

ありがたいかといえばまったくそんなことはないが、斎藤と一緒に出歩いていることには変わりない。斎藤が生き生きとした表情でいるのを見るのは楽しい。その生き生きとしている理由がストーキングというのは複雑だが。

どうやら二人はシューティングゲーム系のアトラクションをやるようで列に並んだ。

「俺たちも並ぶか？」

「いえ、乗った場合、二人が終わった後に私たちが終わるまで時間が出来てしまうのでやめておきましょう。先ほどから見ている限り、二人とも順調に話せていそうですし」

「だな」

この場所にくるまでに二人が話しているときが何回かあった。少しだけ笑顔(えがお)も見えたし、上手(うま)く行っていると言えるだろう。

「二人きりにしても案外うまくいくもんなんだな」

「あの二人の場合は、既に互いに気持ちがあるわけですから少し特殊ですね。もともと話したいのを遠慮しているだけなので強制してあげればすぐに話し始めたというわけです」

なかなか凄い分析だ。これまでポンコツなところしか見てこなかったので、斎藤がかっこよく見える。

「なんか、今日の玲奈は凄いな」

「ふふふ。そうですか？　惚れてもいいんですよ」

得意げに胸を張る斎藤。ちょっと嬉しそうなのがまた可愛い。

「これからどうする？」

「そうですね。列の待ち時間を見る感じ、一時間はかかりそうですから、少しは園内を見て歩けそうですね。まずはカチューシャを買いに行きましょうか」

「カチューシャ？」

「ほら、あれです」

斎藤が指し示す先には二人組のカップルが頭に垂れ耳のカチューシャをつけている。

「この遊園地のキャラクターを模したものがたくさんあるんです。湊くんに似合うものもあると思いますよ」

「どうりで色んな人が頭に変なのをつけてると思った」

「変なのって言わないでください」

言い方がよろしくなかったようで斎藤の目が鋭くなる。

「ごめんって。じゃあ、そのカチューシャを売ってるところに行こうぜ」

「分かりました。案内しますね」

斎藤に手を引かれて連れられる。気付けば自然と手を繋いでいるし、だいぶ付き合ったことにも慣れてきたように思う。

カチューシャのグッズ売り場は大きく、大量に壁に吊られる形で並んでいた。

「でっかいな」

「一番大きい場所に連れてきましたから。他にも小さい場所なら何か所かあるんですよ」

あまりに色んな種類がありすぎて、選びきれない。勝手に耳の形には色んなものがあると思っていたのだが、それだけじゃなく、キャラクターがそのまま乗っているものもある。

「私的に湊くんに似合いそうなのはこの垂れ耳のですね」

斎藤に手渡されてつけてみる。あれ？　結構難しい。

「もう、何しているんですか。貸してください」

俺の手からカチューシャを奪うとナチュラルに俺の頭につけてくる。髪を触られる感覚がむず痒い。

「はい、出来ましたよ」

一瞬で取り付けが終わった。鏡を見ると確かに似合っている、気もするが正直分からない。だが斎藤は俺をみるとぱあっと顔を輝かせた。

「いいです！　とても似合ってます！」

「そ、そうか」

「はい。その野暮ったい感じが逆にありです。これは新しい発見ですね」

いつの間に取り出したのか、スマホで連写し始めた。うん、気に入ったならよかったよ。即興の撮影会が一分ほど続き、ようやく落ち着いた。斎藤はホクホク顔である。

「ふふふ、良いものを撮ってしまいました。これは家宝にします」

「そこまでありがたいか？」

「もちろんです。もう奇跡の写真と言っていいくらい！　なんなら私の部屋の猫様の隣で一緒に拝みます」

「それはやめてくれ」

もうなんというか色々危うい。写真一枚でここまで喜んでくれるのは嬉しいものだが、あまりに熱烈だと困惑が生まれることを初めて知った。

「あとでいっぱい見せるし、次は玲奈のやつを選ぼうぜ」

「でしたら、湊くんが選んでくれませんか？」

「お、俺か？」

思いもしない提案に噛んでしまった。斎藤を見返しても斎藤は期待の眼差しで頷くのみ。

「いいけど、変なのだからって文句言うなよ？」

「言いませんよ。その時はそれで楽しませてもらいます」

「なら、まあ」

渋々ではあるが、仕方がない。人に似合うものを選ぶのは大の苦手なのだ。経験が少ないし、センスがないのもなんとなく分かっている。

（でも、斎藤が喜んでくれるのがいいよな）

真剣に選んでいると、くいっと袖を引っ張られた。

「私に着けてもらいたいものを選んでください」

「ああ、それなら」

その言葉はありがたい。自分が良いと思ったものを選べば良いだけなので簡単だ。見かねてフォローしてくれたんだろうか？　一通り、じっくり観察し終えて、一番ビビッと来たものを手に取る。

「これだな」

「これって、猫耳ですか？」

「ああ」

常々斎藤は猫っぽいと思っていたので、凄く惹かれてしまった。以前に手で猫の真似をさせたことはあったが、ガチの猫耳は初めてである。これは似合うに違いない。

斎藤は器用に髪を整えながらカチューシャをつける。

「おお！　いいな。めちゃくちゃいいぞ」

「そ、そうですか？」

斎藤は頬を朱に染めながらはにかむように笑って、上目遣いにこっちを見る。うん、神。よく髪に馴染んでいて斎藤との融和が生まれている。ただでさえ可愛い斎藤が、猫耳という犯罪的な可愛さ増幅ツールを着ければそれは最強なわけで。思わず何度も頷いてしまった。

「いい。普段も可愛いけど、今の玲奈はまじで可愛いぞ」

「わ、分かりましたから、そんな何回も可愛いを連呼しないでください」

「いや、可愛いものは可愛いって言わないと」

最初猫耳というものを生み出した人に感謝が止まらない。よくこんな素晴らしいものを生み出してくれた。心の中で拍手を送る。

「そんなに気に入るとは思いませんでした」

「いや、マジで似合ってるから、つい、な」

「では、これにしましょう」

斎藤と会計を済ませて店を出る。時計を見るとまだ十五分ぐらいしか経っていないが、非常に有意義な時間だった。

「適当に歩いてみましょうか」

斎藤が振り返ってこっちを見る。ぴょこっと立ち上がった猫耳が良い感じでめちゃくちゃ可愛い。見惚れそうになるのを我慢して、大きく頷いた。

園内は大勢の人で賑わっていて盛況ぶりが窺える。通り過ぎる人達がみんなきらきらしていて幸せそうだ。

「ふふふ、楽しいです」

「ただ歩いているだけだぞ？」

「それがいいんじゃないですか」

目をへにゃりと細めて、斎藤の顔には穏やかな笑みが浮かんでいる。幸せそうでなによりだ。緩く握っている斎藤の手に軽く力を込めると、きゅっと斎藤も握り返してくる。なんだか地に足が着かないふわふわとした気持ちがちょっとだけ湧く。

「あ、ポップコーンを売ってます。ここのキャラメルポップコーン、とっても美味しいんですよ」

「キャラメルポップコーンはあんまり食べたことないな」

「それはなんて悲しい人生なんでしょう。この味を知らないなんて。ぜひ食べてみてください」

斎藤はとたとたとスタッフの人に寄っていった。人差し指を立ててキャラメル味の部分を指差している。スタッフの人がスコップのようなものでカップに掬い入れていた。

「お待たせしました」

戻ってきた斎藤は随分嬉しそうだ。きらきらと目が輝いて、声も弾んでいる。

「さあ、湊くん。食べてみてください」

差し出されたカップから一粒摘まむ。白いふんわりした部分にキャラメルソースが絡んで固まっている。食べてみると、ふんわり甘い香りが広がって、キャラメルの甘みと香ばしさが後からやってくる。これは確かに斎藤が気に入るのも頷ける。

「うん、美味いな」

「でしょう?」

斎藤もにっこり笑いながら食べ始めた。一粒食べるたび、ほわぁと斎藤の笑みから幸せが滲み出る。

「本当に好きなんだな」

「もちろんです。ここでしか食べられないので、なかなか食べることが出来ませんし、来る度に食べてるんです」

「遠慮せずいっぱい食べてくれ」

「いいんですか？」

ポップコーンはとても美味しいが、大量に食べられるほど甘さに強いわけではない。斎藤に勧めると、ぱぁあっと光り輝きそうなほと喜んで食べ始めた。幸せそうに食べている姿は見ているこっちまで気分が良い。結局、四分の三は斎藤が食べていたと思う。

「そろそろ戻りましょうか」

斎藤が腕時計を見て頷く。危ない。楽し過ぎて今日何しにきたのか、一瞬忘れていた。急ぎ足で戻って、少し離れた場所のベンチで二人が出てくるのを待つ。

「上手くいっていると思うか？」

「一ノ瀬さんがいるので大丈夫でしょう。二人ならもう元に戻るくらい仲良くなっていてもおかしくありません」

「普段の和樹なら確かに信用できるんだけどな……」

なぜか舞さんのことが関わると途端にヘタレになることが既に判明している。あの建物のなかで、そのヘタレさが発揮されていてもおかしくはない。

「入る前の二人の雰囲気なら問題は起きませんよ。それに万が一気まずい事態になっていたらもう一回くらいメッセージが来ているでしょうし」

「確かに」

言われてみればそうである。朝だって泣きついてきたのだ。それなのに未だに連絡がないということは順調に進んでいる証に違いない。

「あ、出てきました」

見覚えのある姿が二人並んで出てくる。はっきりとは見えないが、舞さんが和樹のことを見上げていて楽しそうに話しているのは分かった。

「湊くん、こっちです」

二人がこちらに向かって歩いてきたので、斎藤に引っ張られた。すぐそばにあったキャラクターの像の陰に入り込む。

「しっかりしてください。見つかったらどうするんですか」

「悪い。ぼんやりしてた」

だんだんとこっちに近づいてきて、はっきり顔が見て取れるくらいまで距離が縮む。

「——なんですよ」

「へー、そうなんだ」

二人の会話が薄っすら聞こえて、また遠ざかっていった。もう最初のぎこちなさは完全になくなっているみたいだ。

「もう俺達のサポートは要らないんじゃないか？」

「……そうかもしれませんね」

二人が並んで歩く後ろ姿を俺と斎藤で見届ける。うん、もう俺のミッションは達成したと言えるだろう。これ以上追跡するのは野暮な気がする。

「せっかくだし、アトラクションいっぱい乗るか」

「ですね」

呆気ないものである。あんなこじれていたものがちょっと話しただけで元に戻るなんて。心配し過ぎだったのかもしれない。俺の苦労を返して欲しいくらいだ。ちょっとだけ自棄になりながら、アトラクション制覇に向かうことにした。

「はぁ。疲れたな」

「そうですね。調子に乗っていっぱいはしゃぎ過ぎました」

既に空は暗く、園内には明かりが灯り始めている。きらきらとイルミネーションにも似た綺麗さが周りに広がっている。

「最後、パレードだけ見て帰りましょうか」

「おお、そんなものもあるのか」

「結構有名ですよ」

「そうなのか。初めて聞いたけどな」

「それは、友達がいないからでは……」

「なんか言ったか？」

「いえ、なんでもないですよ」

斎藤といえど誹謗中傷は許しません。

パレードは指定の見学ゾーンがあるとのことだったので、斎藤に案内されてその場所に来た。なんでも知っていて斎藤様様である。かなり人が密集していて見づらいがなんとか見える位置は確保できた。

「玲奈、こっち来るか？」

隣の斎藤の前には背が高めの男の人がいるので見えにくいだろう。そう思って提案して見たら、素直に頷いてくれて俺の前に来た。俺の目線より少し下に斎藤の頭のてっぺんが見える。もちろん猫耳付きだ。ぴょこっとしていてこれだけで可愛い。そっと横から斎藤の顔を覗いてみると、黒色の澄んだ瞳に園内の明かりが輝いて星の夜空のようにきらきらしていた。

「どうしました？」

「いや、なんにも。なにか見てるのかなって」

「ただ待ってただけです……ってあれ？」

斎藤はじっと目を細め、それから目を大きくする。

「湊くん、あれって舞ちゃんたちじゃないですか？」

斎藤が指さす先には確かにはっきり二人の姿があった。パレード用の道路を挟んで反対側で、二人が楽しそうに話し込んでいる。

「もう完全に大丈夫みたいだな」

「ですね」

二人とも笑顔で随分楽しそうだ。二年間の間に降り積もった話題もあるだろう。二人の様子を眺めていると、そっと和樹の腕が動くのが見えた。

（いや、おいおい）

予感は的中し、和樹の手が舞さんの手を掴む。まだ軽く触れる程度だが確かに手を繋いでいる。

「み、湊くん！」

「ああ。俺も見てた」

「二人、手を繋ぎましたよね」

「繋いだな」

「流石に早すぎませんか⁉」

斎藤は目を真ん丸にしてそれはもう凄い驚きようだ、俺の袖を何度も引っ張り、俺の身体まで揺さぶられる。その驚きはごもっともであるが、そんなに揺らされるとこっちが酔いそうだ。

「びっくりだよな。二人が両想いだといえさ」

「当たり前です。こんなこと想定してませんよ」

俺たちが手を繋ぐまでにどれだけのひと悶着があったと思っているのか。散々迷って苦労までしたのに。それをあいつはあっさり乗り越えやがった。これだから嫌いなんだ。もうやってられん。

「俺達も手を繋ぐぞ」

「もちろんです。負けてられませんから」

何が敗北なのかは分からないが、手を繋げたので良しとしよう。

「段々不安になってきました。舞ちゃん、あんな手の早い男の人と付き合って大丈夫でしょうか？」

「大丈夫だとは思うぞ、多分」

「多分ってなんですか。私の舞ちゃんがかかっているんですよ」

「百パーセントはどんなことでもないだろうが」

「……なら、仕方ありませんね。湊くんの言葉を信用することにします」

「ああ、任せてくれ」

俺がこれだけ手助けしてやったのだ。普段お世話になっている恩返しという意味で始めたが、これであっさり振るようなことをしたら縁を切るまである。

「まあ、あんまり気にしすぎても仕方がないし、パレードの方に集中しようぜ」

「そうですね。せっかくの締めなんですからちゃんと見ないと」

今日のことは後で聞くことにして、とりあえずは目の前のパレードに集中するとしよう。

猫耳の斎藤も見納めなのだからしっかり目に焼き付けて置く必要がある。

ようやく、パレードのＢＧＭが流れ始めた。どうやら左手奥の方から聞こえてくる。

「湊くん、始まりましたよ」

前に立つ斎藤が振り返って俺を見上げた。目がきらきらとしていて随分楽しそうである。日中あれだけアトラクションに乗ったのに元気なものだ。

だんだんと音楽が近づいてきて、見える位置まで乗り物がやってきた。先頭は光輝(ひかりかがや)く船の形をしていて、その上の方にキャラクターがのっている。色彩(しきさい)豊かなライトがとても綺麗だ。

「あ、あれが湊くんがつけているカチューシャのモデルになっているキャラクターです」

「へぇ、そうなのか」

暗いし、遠めなのではっきりと見えるわけではないが、確かに垂れ耳が見てとれた。

「ちょっと湊くんに似ていますね」

「どこが？」

犬のキャラクターと似ているとは心外だ。

「ほら、あのやる気の感じられない顔とか」

「それ暗に俺のこと馬鹿にしてる？」

「いえいえ、そんなことは」

惚(とぼ)けているが、バレバレだ。やる気のない顔なんて言われてもどうしろというんだ。

いくつかの乗り物とキャラクターが通り過ぎていき、もう最後の一台になる。一体何が来るんだろうか？

「あ、来ました！」

明らかに斎藤の声が上がった。食い入るように見つめていてテンションが違う。近づいてくる乗り物を見て理由を察した。

（ああ、そういうこと）

乗り物に乗っているキャラクターが大人気の猫のマスコットである。それはテンションが上がるか。

台の上でマスコットはキレッキレに踊っているので見ていて楽しい。ＢＧＭのリズムに合わせて斎藤が手をぱちぱちと叩いているので、自分も合わせた。

パレードも終わると、周りがぞろぞろと動き始める。

「帰るか」

「ですね。舞ちゃんたちはどうしましょう？」

「二人で仲良く帰れるだろ」

「では、連絡だけしておきますね」

「ああ、頼んだ」

もう俺たちの助けは要らないはず。むしろせっかく沢山話す機会なのだから、合流する方が邪魔になる可能性まである。斎藤が連絡を終えるのを待って、自分たちも流れに乗って歩く。

「あ、そうだ、玲奈」

「はい？」

「最後、お城の前で一緒に写真を撮ってから帰ろうぜ」

「いいですね！」

危ない。斎藤の猫耳姿を写真に収めるのを忘れていた。今日の中で一番大事な仕事まである。

お城に移動すると、流石にみんな帰り始めていて人は減っていた。

「では撮りましょうか」

「うぉ」

斎藤が急に近づいてくるので思わず声が出てしまった。離れないようにしてスマホの画面に顔面を収める。斎藤の猫耳と俺の垂れ耳が良い感じに映っている。

「じゃあ、いきますよ」

パシャリ。何度かシャッター音が鳴った。暗い中でもはっきり顔が写っている。

「ふふふ、良い感じですね」

「だな」

写真の中の俺と斎藤は自分で言うのもなんだが幸せそうな顔をしていた。

# 第八章 イケメン田中

「ふぁあ」

月曜日の朝はやっぱり眠(ねむ)い。教室に着いたはいいものの、眠くて死にそうだ。また欠伸(あくび)が漏(も)れ出る。

「湊(みなと)、おはよう」

「ああ、おはよ」

眠くて仕方がないのにまた面倒(めんどう)なやつが登場しやがった。いつも以上ににこにこしていてテンションが高いことが一目で分かる。

「メッセージでは伝えたけど、改めてありがとね。もう本当に助かったよ」

「いいって。気にするな」

「そうはいかないよ。湊がいなかったら今頃(いまごろ)全然違っていただろうし」

「あんなあっさり関係を修復できたなら、どうせどこかで戻ってただろ」

「それが今にしてくれたのがありがたいんだって。お礼させてよ。今ならなんでも命令きいちゃうよ？」

「だったら静かにしてくれ。めちゃくちゃ眠いんだ」

寝不足の和樹のテンションは非常につらい。頭の中でめちゃくちゃ響く気がする。

「昨日休みだったのになんでそんなに寝不足なわけ？」

「一昨日の土曜日、丸一日外だっただろ」

「そうだね」

「本を読む時間が無くて禁断症状が出てな。昨日ひたすら読み漁ってたらいつの間にか今日になってた」

「禁断症状って……、馬鹿なの？」

呆れたため息が和樹の口から出る。だが、そんなこと言われても困る。こっちは本が読みたくて仕方がなかっただけなのだ。俺は悪くない。

「わざわざ俺が土曜日を割いてまで上手くいかせたんだから、大事にしろよ」

「それはもちろん」

「下手なことすると玲奈が飛んでくるからな」

そっと隣を見ると話が聞こえていたのか、斎藤の瞳がきらっと光った気がした。

「それは怖すぎるよ」

「じゃあ大事にするんだな。手が早いこと少し心配してたし」

「え？」

「ナイトパレードのときちゃっかり手を握ってただろうが」

「見てたの?!」

　和樹が一歩身体を引いた。こっちが見ていたことはバレていなかったみたいだ。

「ちょうど道路を挟んだ向かい側にいて、玲奈がたまたま見つけてな。最初は仲良く楽しそうに話しているのを微笑ましく見ていただけだったんだが、急に手を繋ぎ始めたからびっくりしたぞ」

「いやー、なんか盛り上がっちゃって。雰囲気でつい、ね」

「こっちは手を繋ぐのにどれだけ苦労したと思ってるんだ。それをあっさり繋ぎやがって」

「それは、湊がヘタレなだけじゃ……」

「お前には言われたくない。それに俺は慎重派なだけだ」

　照れながら後頭部を掻く和樹が心底うっとおしい。あの時色々悩んでいたのは、しっかり熟考していたからである。やはり失礼があってはいけないし。

「湊達は僕らから消えたあとなにしてたの？」

「最初はストーキングデートだな」

「ストーキングって、え?」

なにかに気付いたのか声を上げる和樹。

「二人のあとをついていったぞ」

「うそでしょ。全然気付かなかった。困ったときに連絡したら来てくれるくらいだと思ってたよ」

「二人して気まずそうに俺達を捜しているところから見てたぞ」

「それも見てたのね」

「めちゃくちゃ動揺したよな」

あの時の和樹の様子は動画に収めておきたかった。もともと動揺することが少ないし、あんなに狼狽(うろた)えている和樹は一度も見たことがない。貴重な光景だった。

「急に二人きりにされたら流石にビビるでしょ。しかもずっと引きずってきた気まずい相手だよ?」

「あれは玲奈のアイデアだからな」

「スパルタすぎるよ。本当に自分から話しかけていいか三分は迷ったし」

「なんか声を掛(か)けようと一歩近づいてまた離れるみたいなことしてたのは覚えてるわ」

「勘弁(かんべん)してよ。もうそれは忘れて」

「絶対嫌だ」

貴重な和樹の弄りネタだ。そう簡単に手放すはずがない。これまでにからかわれてきた回数に比べれば、こんなもの無いに等しい。恥ずかしがる和樹をしばらくからかい続けた。

昼休み。それは唐突なことだった。クラスの男子が一人俺の机に来たかと思うと、スマホの画面を見せてきた。

「なぁなぁ。これって田中？　だよね？」

スマホに表示されていたのは一枚の写真。土曜日の遊園地で斎藤と二人で歩いている様子が写してある。垂れ耳のカチューシャをつけた自分と、猫耳をつけた斎藤が手を繋いでいるところまではっきり見える写真だ。

「……どうしたんだ、この写真」

「なんかAクラスのやつが土曜日に遊園地に行ったらしくて、そこで斎藤さんを見かけて撮ったんだって。それが出回ってきてさ。斎藤さんの隣にいるのって田中だよね？」

聞いてくるクラスメイトの後ろには、数人立っていてこっちを見ている。複数の好奇な視線は居心地が悪く、微妙に口が渇く。ここまではっきりとした写真を見せられては、もう誤魔化せないだろう。ゆっくり頷いた。

「まじ⁉ やっぱりそうだったんだ！」

一気にクラスがざわりと湧く。俺を見ていた人たちが互いに見合って、口々になにかを言い合っている。

その時、クラスの逆側で似たように湧いた。黄色い悲鳴が上がって女子たちの話し声が大きくなる。そっちに目を向けると、斎藤がその集団の中心にいた。斎藤、そしてその周りの女子たちが一斉にこっちを見る。

（ああ、そういうことか）

斎藤も同じように追及されたのだろう。完全にばれたことを察した。クラス中の人たちの視線が自分に突き刺さっているのを感じる。

「手を繋いでいるってことは付き合ってるってことだよね？」

「まあ、一応」

今一度教室が大きく湧いた。大きなうねりのような息ぐるしい空気が気持ち悪い。誰もが俺が相手として相応しくないと思っているに違いない。

これからどうしたものか。いつかはバレることも覚悟していたとはいえ、想像以上の重圧に頭が回らない。

「なあなあ、いつから付き合ってるの？」

「どこで知り合ったの？」

「告白はどっち？」

「前に噂になってた初詣のやつも田中？」

「斎藤さんって二人の時はどんな感じ？」

　質問。質問。質問。質問。質問。止まない雨のように言葉が何度も降り注ぐ。あまりに目障りで、やかましい。外野が知ってどうするというんだ。なにも意味をなさない好奇心だけにまみれた質問が山のように積み重なって、息が苦しくなった時、明るい声が凛と教室に響いた。

「ちょっとちょっと、みんな。僕を放っておいて盛り上がらないでって。質問するなら僕にも頂戴よ。実は一昨日、彼女出来たんだから」

　和樹が俺の前に立ち、にっこり周りに笑いかけた。それはあまりに効果的で、幾分か注意がそっちに向く。

「一ノ瀬、彼女出来たの⁉　絶対彼女作らないとか言ってたじゃん」

「いやー、それがたまたま中学の時に好きだった子とデートをすることになってさ」

「まじ？」

「まじまじ。普通は馴れ初めとかって聞きにくいと思うけど、全部教えちゃうよ。自慢させてもらおうかな」

クラスの奴らの肩を抱いて、教室の後方へと連れていく和樹。気付けば俺の周りに人はほとんどいなくなっていた。

結局、昼休みの騒動は和樹のおかげで収まったものの、やはり噂が立つには十分なニュースな訳で。次の日には一気に学校中に広まっていた。

ある男子たちは

「まじかよ、絶対斎藤さん彼氏作らないと思っていたのに」

と語っていたり。

あるいは別の男子達は

「ていうか、彼氏が田中って。誰だよって感じ」

「だよな。まだ俺の方がよくね?」

と文句を言っていたり。

または斎藤とは別クラスの女子たちが

「斎藤さん、田中って人と付き合っているらしいよ」

「まじで⁉ あのいつも本読んでる暗めの人でしょ? 斎藤さんウケる」

と笑っていたり。

斎藤さん見る目ない、なんて言葉があちこちで飛んでいるのを耳にした。どれもくだらない話に過ぎないが、一つ一つは小さくてもこれだけ沢山言われると嫌気がさしてくる。まともに本も読めないし。

学校での読書というものが一つの楽しみであったが、それが出来なくなり、斎藤の家か俺の家の二択になってしまった。

「湊くん、私のせいで色々言われてしまってすみません」

斎藤の家に行くと斎藤が頭を下げた。悲し気に眉がへにゃりと下げられている。

「玲奈が謝る必要はないだろ。色々言ってる奴が悪いだけだ」

「そうかもしれませんけど」

「気にするなって。俺も別に噂についてはなんとも思ってないし」

実際、周りでなにを言われようが俺の知ったことではない。俺は俺であって、ほかの何かに変わったわけではないのだから。煩わしく思っているのは、いつも周りが見てくるので、気が散って本が読めなくなったことだけである。

「色々言われて気分が悪くなったりしませんか？」

「別に。俺自身は何ともないな。玲奈のことを言われているのはイラつくけど」

「私のことは放っておいても大丈夫です。むしろ湊くんがあれこれ言われるほうが嫌です」

「お互い様だな」

斎藤が俺のことを想ってくれている。それだけがあれば充分である。自分と同じ気持ちだということに、笑みが零れた。

「いい加減、噂も収まると良いんですけど」

「まあ、当分は無理だろうな。噂好きにとっては格好のネタだし。それにこんなアンバランスなカップルなかなか珍しいから余計に」

「アンバランスとか言わないでください。私にとって湊くんが一番かっこいいひとなんですから」

「お、おう。そうか」

急に直接言われると反応に困る。じっと見つめてきてむず痒い。なんとなく頬を掻く。

「これからどうしたらいいんでしょう？」

「まあ、しばらくは噂が収まるのを待つしかないんじゃないか」

「でも……」

「いいんだよ、俺のことは。地味で暗い奴っていうのは事実だし」

「やっぱり私は悲しいですよ、そういうことを言われるのは」

しょんぼりと肩を落としてため息を吐く斎藤。憂う表情はあまりに痛々しい。何度も気にしないように言いきかせたが、最後まで斎藤は顔を曇らせていた。

（はぁ）

斎藤と別れた帰り道、曇った斎藤の顔が脳裏にちらつく。脳裏に悲しそうな表情が過る度、自分まで気持ちが辛くなる。あんな表情をさせたままにしておけるはずがない。

別に放っておいて噂がなくまるまで待ってもよかったが、斎藤が悲しむなら話は別だ。なににおいても斎藤の笑顔が大事である。あの笑顔が好きで惚れ込んだのだから。

（仕方ない、やるか）

斎藤を悲しませている原因は俺があれこれ言われているから。要するに釣り合っていないからあれこれ言われているわけだ。だったら周りを黙らせる方法は一つしかない。決意を強くして家路に就いた。

## 斎藤ｓｉｄｅ

すべての始まりは月曜日だった。舞ちゃんたちが上手く行き、それを見守ることが出来たことで幸せな気分だった時にそれは起きた。あるクラスの女子が一枚の写真を見せてきた。それは私と湊くんが一緒になって手を繋いで歩いているときのものだった。おそらく遊園地で撮られたのでしょう。

　思えば調子に乗っていたのかもしれない。湊くんとお出かけすることが出来る嬉しさや順調に舞ちゃんたち二人の関係を修復させている満足感で浮かれていた。これまでずっと周りにクラスの人たちがいないか確認して気をつけていたというのに、あの日は完全に忘れていたのだから、それは見つかるというものだろう。

　湊くんが注目浴びるのが苦手なタイプだというのはずっと分かっていたことなのに。いつも教室の傍らで本を読んでいて、クラスの人とあまり話しているのは見かけたことが無い。前にちらっと理由を聞いたら「それより本を読んでいたい」と言っていたので、噂をされて集中の邪魔をされるのは嫌なはず。

　私と湊くんの噂は想像以上のスピードで広がっていって、次の日には沢山の人が私たちのことを噂していた。もちろん、良い噂なんてものがあるはずもなく、それらの噂は私や湊くんに向けられた気分の悪い言葉の数々だ。

　別に私のことを言うのはいい。私は自信をもって湊くんが私の好きな人で良かったと言えるし、「センスない」だとか「もっといい人がいる」だとか言われても周りの意見なんて関係ない。

　でも湊くんのことを悪く言うのは許せない。湊くんを選んだのは私なのだから、不満なら私に言えばいいのに、どうして彼のことを言うのか。酷い言葉が聞こえてくるたび、どうしても辛くなる。

普段から注目を浴びるのに慣れている私は良いけれど、教室での湊くんはかなり居づらそうだった。時々一ノ瀬さんが一緒に話していますが、それでも状況はなにも変わっていない。

流石に申し訳なくて湊くんには謝ってみたけど、あまり気にしていないようだったことが唯一の救いかもしれない。私を気遣って言ってくれているだけな気もするけれど。

「はぁ」

もはやため息しか出てこない。来週からの学校が酷く憂鬱だ。慣れているとは言え、こういった雰囲気は苦手だし、早く収まって欲しい。ただ湊くんと平和に学校生活を送りたいだけなんですけどね。

湊くんがいなくなった部屋には、彼の残り香だけが部屋に漂っている気がした。

翌週、気分が重いまま学校へと足を向ける。あまり学校に行きたくなくて、結構ぎりぎりに出てしまった。学校近くに来ると周りに同じ制服を着た人たちが何人も現れる。

（ああ、またですか）

私を見ながらひそひそと話す人の数々。好奇な視線が嫌というほど突き刺さって気持ち悪い。まるで泥が身体にまとわりついているみたいに重くなる。先週よりは幾分か収まっている気もするけれど、気のせいかもしれない。

学校について廊下を歩いていても同じような視線がいくつもあった。だが、一部、これまでになかった妙な視線も感じた。

周りをちらっと見回すと、こっちを見ていた人たちが、さぁと顔を逸らす。妙な視線はすぐに感じられなくなったのでそれ以上気にせず教室に向かうことにした。

(やっぱりおかしいです)

三年の教室まではかなり遠いので、たどり着くまでに沢山見られた。だけど、先週まではくすくすとこちらを蔑むように笑う人たちも多かったというのに、今日は純粋にただ見られていただけである。注目を浴びる大きさは大きいけれど、以前と同じような視線に戻っている。

理由もなくこんな急に変わるとは思えない。週末を挟んだくらいでこんな変わるものなのか。内心で首を傾げる。

教室に到着して扉を開けると、クラスのみんなが困惑するような表情を浮かべてこっちを見てきた。すぐに理由を察する。

「えっ⁉」

教室中央には普段のもさもさ頭ではなく、爽やかにカットされた髪型の湊くんが座っていた。しっかりとセットされていてかっこいい。もちろん眼鏡もコンタクトに変わっている。湊くんはこっちを見てにっと笑みを浮かべる。

「おはよ、玲奈」

「え、あ、はい。おはようございます」

隣の席に座って、思わずまじまじと湊くんを見つめる。うん、大丈夫、本人だ。別人と入れ替わったとかではなさそう。

「なんだよ、そんなにこっち見て」

「いえ、その、姿がだいぶ違いますので」

もはや別人というくらいに変わっている。バイトの時やデートの時などでお洒落をした湊くんは見慣れているが、その時とは髪の長さも違うので、また別のかっこよさがある。制服でこの見た目なのも新鮮だし、なんとなく緊張してしまう。

「髪が邪魔だったから切ってみたんだ」

「……ほんとですか？」

「ああ、もちろん」

湊くんが急に雰囲気を変えたのは今回の噂が原因だろう。廊下の人たちは既にこの湊くんを見ていたから、先週と空気が違っていたのか。

私が来たことでようやく聞ける雰囲気になったのか、クラスの女の子たちが私の下に寄ってくる。

「斎藤さん。斎藤さんの彼氏、その、凄くかっこいいね」

「でしょう？　私の自慢の彼氏ですから」

周りが湊くんを見て羨望の視線を送っている。今更気付いたところで、湊くんはもう私のものです。

「その、凄く雰囲気変わったよね？」

「いえ、前から二人の時はあんな感じでしたよ」

「え、あ、そうなんだ」

正確にはお洒落をしているときもあった。だけど、普段はもさもさ頭の湊くんでしかない。

ふっと私の机に影が落ちる。見上げると湊くんが私の隣に来ていた。

「なに、俺の話？」

湊くんの切れ目の瞳が周りの女子を固まらせる。心なしかいつもより少し声も低い気がする。湊くんはぽふっと私の頭に軽く手を乗せた。

「噂で玲奈と釣り合ってないって話が結構あったから、釣り合うようにまずは見た目から頑張ってみたんだ。どう?」

湊くんの問いかけに女の子たちは互いに見合いながら、それからうんうんと何度も頷いた。

「いいよね?」

「うん、似合ってると思う」

「絶対そっちのほうがいいよ」

口々に褒められて、湊くんは薄く笑う。普段の湊くんを知っているからこそ、それは仮面のような笑みだとすぐに分かった。

「ありがと。似合っているなら頑張った甲斐があったわ」

にっこりと笑う湊くんとか見たことがない。誰ですか、その爽やかな笑顔は。私から見ても見惚れるほどかっこいい湊くんは、その後も女子たちと話し続けた。私の頭を撫でながら。

朝は教室内程度だったが放課後にはクラス外の多くの人たちにも、湊くんがイメチェンしたことが広まった。大きく話題になり、中には湊くんを覗きに来る人もいた。

「玲奈、一緒に帰ろうぜ」

「い、いいですけど」

みんなの前で名前を呼ばれるのもそうだし、教室で堂々と話しかけてくるのもそう。全然慣れない。湊くんだって本来なら慣れていないはずなのだけれど、全くそんな風には見えず、堂々としている。

外に出ると手まで繋いできた。指同士を絡め合う恋人繋ぎである。もう何回もしているけれど、今日はなぜか緊張する。手に力が入らず、湊くんが絡めて掴んでいるような形になってしまった。

周りに同じ学校の生徒たちがいる間は、一身に注目を浴び続けたけれど、私の家の近くまで来ると流石に人もいなくなり、視線もなくなった。

「ちょっと、そこの公園で休憩しましょう」

「ん？　いいけど」

普段なら真っすぐ家に帰るだけなので、公園を提案したのが意外だったのかもしれない。でも、もう無理。一度離れないと体がもたない。

公園は遊具もなくベンチがあるだけなので子供も誰もいない。静かで草木の擦れる音だけが響いている。落ち始める夕陽に照らされながら、湊くんと真っすぐに向き合う。

「よかったんですか？　その恰好になって。バイトをしているのをバレにくくするためにしていたのではなかったんですか？」

「あれこれうるさかったからな。玲奈も大変そうだったし」

事もなげに言ってみせる湊くん。さらっといっているが、どれだけの想いで、わざわざ今日動いてくれたのだろう。気付けば湊くんの話が大きく噂になっていて、批判的だった先週の噂はほとんど無くなっていた。

「湊くんはいつも私を助けてくれますね」

「彼氏だからな」

「でも、ずるいですよ。こんなことされたらますます好きになっちゃいます」

「いいぞ。いっぱい惚れてくれ」

湊くんはおどけるように肩をすくめる。普段なら見慣れた光景のはずなのだけれど、それすらも格好いい。

そよそよ風が吹いて、湊くんの毛先が揺れる。

「私、湊くんのことを好きになれてよかったです」

「惚れ直したか？」

「それはもう。かっこよすぎです」

この世に優しい人はいっぱいいるだろうけれど、ここまで私のために頑張ってくれる人はなかなかいないと思う。いつだってピンチの時には助けてくれて、大事にしてくれて、感謝してもしきれない。

「俺が頑張れるのは玲奈だけだけどな」

「そうなんですか？」

「そりゃあ、好きな人のためなら頑張れるだろ」

さらっと言ってくれる。それがどれほど難しいことなのか、湊くんは一度知った方がいいと思う。

「前に告白の時に玲奈の笑顔が一番好きだって話しただろ？」

「言いましたね。そんなに良いですか？」

「もちろん。見ていてこっちまで嬉しくなる」

「なら、いっぱい笑わないとですね」

わざと笑ったわけではないけれど、湊くんの想いで胸がいっぱいになって思わず笑みが溢（あふ）れ出る。自分でも満面の笑みであることは分かった。

「うん、やっぱり玲奈は笑顔が一番良いな」

「そんなしみじみと言わないでください」

そこまで言われるとちょっと恥ずかしい。頬（ほお）がじんわり熱くなる。視線を湊くんから外して地面を彷徨(さまよ)わせると、そっと湊くんの手が私の顔に触(ふ)れた。頬に手のひらが添(そ)えられて、湊くんの熱が顔に広がる。

「玲奈が笑顔になってくれてよかった。それだけで十分だ」

「おかげさまで凄(すご)く助かりました」

「いいよ。大事な彼女だからな」

「湊くんは私の自慢の彼氏です」

見上げると、湊くんと視線が交わる。切れ長の目は綺麗(きれい)で吸(す)い込(こ)まれそうだ。少しずつ湊くんの顔と近づいていく。

「好きだ、玲奈」

「私も大好きです」

近づいた距離(きょり)がゼロになった。

# あとがき

お久しぶりです。午前の緑茶です。

『俺知ら』シリーズも最終巻となりました。ここまで読んでくださった皆様のおかげで、こうして自分が書きたかった物語を書き終えることができ、感謝してもしきれません。本当にありがとうございます。

このあとがきを書くにあたって、シリーズを最初から読み返そうと思ったのですが、自分が過去に書いた物語を読み返すのは、なかなか精神にダメージの来る行為でして、「うぎゃわわわわ」と何度も閉じては再開するという、傍から見たらかなりの不審者だったのではないかと思います。黒歴史のノートが見つかったら、きっと皆さんも同じ思いを味わうに違いありません。

このシリーズの第一巻は２０２１年の七月に発売されましたので、今回の巻でほぼ二年にということになります。実際に書籍化の企画が始まったのはもっと前ですので、二年以上なのは間違いないですね。正直、二年も経った感覚がないので、時の流れが恐ろしいです。

実はこの話は、深夜バスの車内で揺られている中、深夜テンションで書き始めた物語でしたので、あれから二年と思うと少し感慨深いです。

嘘です。寝ぼけていたのであんまり覚えてないです。ただ、二人が正体に気付かない不思議な関係というアイディアだけは、絶対書きたいと思って書き始めたことだけは覚えています。

結果として、二人の関係をここまで長く書くことになるとは、その時は思いもしませんでしたが。

齋藤さんのキャラクターについては、実際に身近にいる人を参考にしていまして、猫好きな部分とかは特にそのままだったりします。猫が好きな人ってどうしてあんなに熱狂的な人が多いんでしょうね？　この前も「人間は猫の従僕」とまじな顔で言ってました。犬好きの方は自分を含めてそこまで重症な人はいないので、結構不思議です。誰か解明をお願いします。

ここからは謝辞を。

葛坊煽様。

いつも激カワな齋藤さんを描いてくださってありがとうございます！　毎回送られてく

るイラストだけが、人生の楽しみでした。命の恩人と言っても過言ではありません。拙い文章からイメージ通りのイラストを生み出してくれるので、いつも助かっていました。二年の間でしたが、大変お世話になりました。

担当編集の小林様。

未熟だった私に優しく教えて頂き、不安だった書籍化を安心して行うことができました。時には、締め切りがギリギリになるなど迷惑もおかけしましたが、小林様と一緒にこの作品に携わることができて良かったです。大変お世話になりました。

最後に、ここまでお付き合いくださった読者の皆様。

改めて、ありがとうございました。ここまでシリーズを続けることが出来たのは間違いなく皆様のおかげです。読んでくださった皆様の声はいつも励みになっていました。この作品は読者の皆様無くては存在しませんでした。

この作品に関わってくださった全ての皆様、本当にありがとうございました。

HJ文庫 https://firecross.jp/
1089

# 俺は知らないうちに学校一の美少女を口説いていたらしい5
～バイト先の相談相手に俺の想い人の話をすると彼女はなぜか照れ始める～

2023年6月1日　初版発行

著者――午前の緑茶

発行者―松下大介
発行所―株式会社ホビージャパン

〒151-0053
東京都渋谷区代々木2-15-8
電話　03(5304)7604（編集）
03(5304)9112（営業）

印刷所――大日本印刷株式会社

装丁――AFTERGLOW／株式会社エストール



Printed in Japan

ISBN978-4-7986-3193-6　C0193

ファンレター、作品のご感想お待ちしております

〒151－0053　東京都渋谷区代々木2－15－8
(株)ホビージャパン HJ文庫編集部 気付
**午前の緑茶 先生／葛坊煽 先生**